Lino García Morales

FLUJOS

Edición e impresión por BoD – Books on Demand
info@bod.com.es – www.bod.com.es
Impreso en Alemania – Printed in Germany

ISBN: 978-8-4132-6612-1

A Gema.

FÁTIMA

1

Fátima se graduó de medicina y se especializó en neurología. Fue una buena estudiante y también una excelente profesional: todo lo que puede esperar el Sistema Universitario Español de un estudiante de medicina; aunque la mayoría de las veces la idea modelo se retuerza por el camino. Pasó el MIR en un hospital de A Coruña prácticamente de vacaciones, sin despeinarse. Aprobó el examen con nota por encima de la media rascándose el ombligo y, en poco tiempo, se hizo prácticamente imprescindible. Nació con talento. Si ser buen médico exige determinado talento, Fátima lo tenía. Un talento de los que no se enseñan en ninguna parte porque los que lo tienen solo saben usarlo y carecen del talento de enseñarlo y de otros tantos talentos.

Los médicos son los peores pacientes. Eso dicen. Probablemente sea por el conocimiento. La ignorancia a veces es positiva, al menos para ser feliz. Pero saber duele. Un lunar nuevo en una cara, para un lego, es simplemente un cambio de pigmentación en determinada zona de la piel pero, para un experto, para un especialista, puede ser la diferencia entre la tranquilidad y la desesperación, puede ser el indicio de una prolongada secuela trágica. Lo observará con detalle, no le perderá pie ni pisada, lo consultará con el amigo especialista de turno. Lo vigilará más de cerca que a su sombra. Le quitará el sueño. Lo someterá a las pruebas más sofisticadas para descartar cualquier falsa alarma. No tiene ni siquiera que pedir cita. Para eso es médico. Se las repetirán las veces que haga falta. Se asegurará del diagnóstico lo mejor que puedan. Ser médico tiene sus ventajas, si se es hipocondríaco más. Es como ser una planta en un ecosistema de depredadores carnívoros.

Fátima, que vivió una infancia privilegiada en un país árabe donde sus padres ejercían de diplomáticos; Fátima, que probó los más exquisitos y exóticos manjares de las más despiadadas noblezas; Fátima, que en árabe significa Única y pudiera parecer mora, que debe su nombre a la Vírgen de Fátima, Nuestra Señora del Rosario de Fátima, una advocación con que se venera en el catolicismo a la Virgen María; Fátima, que hablaba seis idiomas prácticamente sin acento, que tuvo institutriz en pleno siglo XX, que tuvo chofer, médico, cocinera, jardinero, criada, y todo tipo de auxiliares domésticos, hasta que decidió ser médico, resultó ser una mujer excepcional. Después, y a pesar de su abolengo, también. Se adaptó a ser una más de un servicio público para gente que apenas hablaba un solo idioma, no tenía coche y jamás había puesto un pie en un restaurante que no fuera de comida rápida. Por si fuera poco, Fátima era culta, refinada y agradable. Tocaba el piano y era adicta a la ópera. No le faltaron pretendientes, ni en España, ni en el extranjero. Hizo exactamente lo que quiso, como quiso, cuanto quiso y cuando quiso durante toda su vida.

Todo fue perfecto, absolutamente ideal, hasta el día que sintió un extraño cosquilleo en la punta de los dedos de la mano izquierda. Ese día hizo lo que hacía cualquier médico que se precie. Primero se auto diagnosticó. No le gustó demasiado el resultado, más bien le inquietó. Así que acudió a un colega. Su colega le confirmó que no era un simple caso de hipocondría. También le dijo que requería cirugía y otras cosas que no deseaba, ni necesitaba oír, que ya sabía. Era necesario llegar a la base del cerebro desde el cuello. Ambos diagnósticos coincidieron con puntos y comas. Fátima sintió escalofríos por todo el cuerpo, se horrorizó y pasó directamente al nivel más alto de autoridad en la materia: al director de cirugía neurológica. Éste confirmó lo competente que habían sido ella y su colega como médicos y se ofreció a intervenirla.

La lista de espera era de casi un año; pero Fátima es médico y puede disfrutar, en el sistema público de salud, de algunos privilegios. La operación era delicada, pero necesaria. Era algo que tenían que extirpar si no quería peores consecuencias. La zona del cuello es crítica. Por ahí circulan venas, arterias y nervios, desde los más gruesos hasta los más delgados, de la cabeza al cuerpo, y viceversa. Se puede decir que el cuello es la frontera de entre lo que nos distingue del resto de los animales y de lo que no. Visto desde el desconocimiento, el cuello es un tubo gordo por donde pasa todo tipo de tubitos finos, lo que conecta una cosa con otra, un puente. El cuello es la cadena de transmisión entre ser y estar. Quizá eso justifique que haya sido un médico, Joseph Ignace Guillotin, y no un militar o un ingeniero, el padre del invento infernal de la Revolución: la guillotina.

Fátima puso su cuello debajo del bisturí del mejor especialista, del jefe de los jefes, del más experimentado, de la envidia de cualquier neurólogo que supiera de autoridades haciendo uso de la prebenda de ser médico. De no serlo le hubiera tocado, quizá, ella misma, o su colega, o cualquier recién graduado pero podía elegir. Eligió. Y la cagó.

Las cosas son así. Tampoco se puede culpar a nadie. El súper médico no le contó de los riesgos de la intervención porque ella ya los sabía. No le hizo firmar ningún papel o auto de responsabilidad porque se daba por hecho que todo iba a salir muy bien. Eran colegas. Era el mejor. Y, en realidad, no salió tan mal. Pudo extirpar lo que era objeto de la operación; eso que le producía el incómodo cosquilleo y que podía ir a peor. Pero al hacerse lugar para llegar hasta ahí, el bisturí seccionó un pequeño nervio, un ridículo cable de entre los cientos que porta la médula espinal, que cortó parte de la comunicación de la cabeza con el cuerpo. Fátima quedó parapléjica, inválida. La lesión medular paralizó la parte inferior de su cuerpo. Le privó de toda funcionalidad. El error le condenó a pasar el resto de su vida en una silla de ruedas. El bisturí es una especie de guillotina defectuosa.

Estuvo de baja mucho más tiempo del que habitualmente disfrutan los que sufren esta discapacidad. Fátima, incluso en su desgracia, seguía siendo una privilegiada. Si no fuera de tan mal gusto, se podría decir que nació de pie. Padecía impotencia parcial de la función genital y un nivel bajo de incontinencia urinaria y fecal. Era algo que podía resolver aunque su cabeza fue la que llevó la peor parte. Es difícil acostumbrarse a la idea de no mover los pies nunca más, a tener piernas de adorno. Su cuerpo se disminuyó y su cabeza se revolucionó. Las órdenes seguían bajando pero no eran ejecutadas, eran ignoradas, como en la más absoluta anarquía.

Durante un tiempo lo más simple parecía una tarea titánica. Cuánto no hubiera dado simplemente por servirse el agua ella misma del refrigerador a pesar de tener asistenta. Cuánto hubiera agradecido sembrar y regar ella misma las flores de su jardín a pesar de tener jardinero. Cuánto quería conducir su propio coche a pesar de tener chofer. Tuvo que aprender de nuevo todo lo que suponía que sabía, lo que había aprendido a hacer ella sola, lo que no les costó el más mínimo esfuerzo. Era difícil. Mucho más difícil que ser médico.

Fátima se estaba apagando y sus colegas del hospital se plantearon hacer algo por ella. Así que, ya que estaba de moda, organizaron un viaje organizado a Cuba. No podría bailar. No cayeron en ese detalle. Pero al menos se iba lejos, a un lugar que parecía otro planeta, donde la gente bailaba incluso sin tener pies, las playas eran escandalosamente azules, siempre hacía sol y todo parecía risa y felicidad.

Ya en el aeropuerto presentían la intensidad de la aventura. Había muchos cubanos y cubanas con bultos imposibles, gente tratando de colarles sobrepeso para un familiar en la Habana, y mucho jaleo. —Me puede llevar este bultico —oyó pedir en la cola a un tipo con un mochila a punto de reventar envuelta en un plástico amarillo. —Si claro —le respondió el gallego— y, ya de paso, si quieres, me puedes dar también un poquito por el culo —le cortó con un sarcasmo que al otro le costó entender. La terminal estaba petada, hacía calor a pesar del aire acondicionado y la comitiva galena seguía feliz y entusiasmada, a pesar de todo. Se veían bultos por todas partes, se escuchan miles de conversaciones, se sentía la transpiración del vecino. Se palpaba expectación, cabreo, decepción, desesperación. Las terminales son así. Son como agujeros negros donde confluyen flujos desconocidos, extraños, con un objetivo común: seguir.

Fátima reconoció que no era la única tullida. Nunca se está lo suficientemente solo en este mundo. En particular un hombre de mediana edad, regordete y rosado vino hacia ella arrastrando su pierna izquierda deforme y atrofiada. Poliomielitis, diagnosticó. Pero eso daba igual. —José —se presentó y, en medio de tanto barullo y espera, le regaló su historia después de una extravagante y aburrida conversación entre desconocidos. Viajaba a Cuba de incógnito. Había puesto dos veces el dinero necesario para que su mujer, una cubana llamada Úrsula, viajara a España pero nada de nada. No sabía que pasaba. Estaba harto y quería averiguarlo presentándose de improviso. Le enseñó una foto de su amada. Era un chica guapísima, morena de piel, jovencísima, de un cuerpo monumental, que podía ser perfectamente su hija si no fuera por lo feo que era. Fátima sintió nauseas así que se alejó de él en cuanto pudo. En el viaje más estrafalario que jamás había ni siquiera imaginado Fátima aterrizó en el Aeropuerto Internacional José Martí, la subieron entre varios en un autobús sin aire acondicionado y llegó al Habana Libre, en pleno corazón de La Rampa.

No se pudo remojar en Varadero. No pudo bañarse en la piscina del hotel. No pudo acercarse a los cocodrilos en la Ciénaga de Zapata. No pudo explorar las Cuevas de Bellamar. No pudo ni siquiera hacer el viaje en barca por las cuevas del Valle de Viñales. Pero si pudo beber mojitos y daiquiris para sofocar el inimaginable calor del caribe y, desde su silla particular, contemplar los bailes en el Salón Rojo del Capri de los cuerpos más hermosos y gráciles que sus ojos hayan visto. Fue ahí donde conoció a Lorenzo. No le hizo falta acercarse a Tropicana.

Lorenzo era como un príncipe africano que se movía como una pantera en su jaula. Él se acercó a su mesa en plena coreografía y le dedicó unos meneos que Fátima recibió perpleja. En su vida había visto cosa igual, ni en películas. Aquel ser era la única persona desde que salió de aquel salón de operaciones con la cabeza separada del cuerpo que tenía alguna intención extra laboral y la única persona desde que nació que tenía sentido del ritmo. Después del *show*, cuando se quitó su estrafalario traje de colores, brillos y plumas, el denso maquillaje y el sudor, Lorenzo regresó a la mesa a rematar la faena. Todos los médicos y médicas, doctores y doctoras, se meneaban por imitación como podían en la pista, como vacas sin cencerro, pero Fátima seguía allí: mirando y bebiendo, lo mejor que podía hacer. Lorenzo la sacó a bailar. No fue capaz de distinguir las sillas rojas del cabaret de aquella silla negra con ruedas donde se encontraba postrada. Fátima lo insultó: – No ves que no puedo pedazo de imbécil –y la palabra «imbécil» brotó como la mierda de un elefante en apuros. Él se ofendió. Con el orgullo de un cubano no se juega, mucho menos si la ofensa va de una hembra a un macho. Así que sacó todas sus armas y le disparó a quemarropa. Tuvieron una conversación tan inverosímil como penosa. Al final, cuando el silencio parecía una escoba a punto de barrer el desastre, cuando ya estaba dispuesto a darse la vuelta con el rabo entre las piernas, Fátima le agarró la mano y cometió el peor error de su vida. Se disculpó. Lorenzo tomó nota de su vulnerabilidad. Se sentó y empezaron otra conversación que, de no ser por el alcohol del Havana 5 años, hubiera sido imposible. Lorenzo preguntaba y preguntaba y piropeaba y dedicaba sus mejores sonrisas. Fátima, que no era bella ni fea, ni alta ni baja, le respondía con onomatopeyas y palabras cortantes, ásperas, secas, rozando lo desagradable y la mala educación, pero aguantando el tirón. Lorenzo no hizo caso. Estaba entrenado. Sabía cuáles eran sus fortalezas y debilidades. Insistió con sus alabanzas a la belleza de Fátima. Sus ojos claros y profundos. Su pelo suave, negro y espeso. Su sonrisa perfecta. Su delicada nariz aguileña. Todo sonaba falso pero bonito y gustaba. A veces las mentiras agradan cuando coinciden con lo que gustaría oír aunque se tenga plena certeza de su falsedad. A pesar de todo, Fátima se rindió. Otras habrían aguantado más. Lorenzo estaba preparado pero no hizo falta. Cayó en el tercer o cuarto *round* por *nocaut* técnico.

Lorenzo se convirtió en su lazarillo particular. Aquel primer encuentro fue como ganar una oposición a una plaza prohibitiva, exclusiva, elitista. Una pelea de león y mono, con mono amarrado. Los demás del grupo estaban encantados con el espontáneo guía. ¡Era tan gracioso y descarado! ¡Qué fauna tan exótica! Lorenzo los llevó a lugares "prohibidos" para que vieran toques de santos y brujerías desde la primera fila. Sabía que el folclore nunca fallaba. Fátima se negó rotundamente a que le curaran su parálisis, pero disfrutó de aquellos rituales donde todos bebían, fumaban y bailaban como posesos ritmos salvajes tántricos. Los llevó a lugares "mágicos" fuera de los circuitos del turismo. Les enseñó lugares más "folclóricos", si eso fuera posible. Los metió en solares, que otrora fueran mansiones de lujo con suelos y balaustradas de mármol y puntales infinitos, a punto del derrumbe. A peleas de gallos y de hombres. A calas inimaginables, reservadas, donde podían cazar las langostas ellos mismos. A bosques y jardines naturales impresionantes y exóticos. A bohíos de palma y guano donde les cocinaron malanga, yuca, boniato, puerco y frijoles con brasas. El equipo galeno ibérico estaba encantado. Fátima cedió. Sin darse cuenta, imperceptiblemente, Lorenzo se metió en su vida, en su habitación, en su cama, en su boca, en su vulva y le arrancó más de una sonrisa y satisfacción de esas que ya había olvidado.

LORENZO

2

La habitación es pequeña, húmeda, grasienta. El reguero de ropa en el suelo entre restos de comida y latas de cerveza revela prisa, dejadez, mugre. Las sábanas empapadas, arrastradas con fuerza, apenas cubren el colchón. Las manchas de una y otra vez se oscurecen y expanden con la presión de los cuerpos masculinos encima. El sudor se abre paso entre jadeos cada vez más fuertes. El negro está debajo. Es fuerte. Sus músculos se tensan en cada movimiento, las uñas arañan lo que pueden, su cara se desfigura de gozo, sus ojos se pierden. Un blanco grande, corpulento, con músculos de muchas horas de pesas, se hunde una y otra vez entre sus fibrosas nalgas de bailarín. Esta a punto de venirse y espera un poco. –No, sigue, sigue, no pares maricón, sigue –le grita el negro encajando sus uñas en los resbaladizos glúteos intentando, en vano, asirse de ellos. Ya no puede más, un movimiento más y un chorro de semen inunda el intestino grueso. El también se viene en una isla pálida, gelatinosa, bajo su abdomen. Sus ojos en blanco se cierran de golpe.

Los cuerpos están completamente sudados, sucios. Después de unos segundos eternos, el negro se sacude suavemente pidiendo respirar y el blanco se desploma a su lado. –¿Y el preservativo? –se asusta Lorenzo al verle de reojo la pinga larguilucha y flácida embadurnada de mierda. –¡Me cago en Dios! –dice buceando con los dedos en el culo hasta dar con él después de varios y retorcidos intentos. Está vacío–. ¡Te has venido dentro hijo de puta! Tú procura no enfermarme con nada porque te mato. Te juro que te mato –pero está tan cansado que sus amenazas se pierden en la cochambre.

La habitación está cargada, huele agrio y rancio, les falla el aliento pero no es posible abrir la ventana. Se clausuró mucho tiempo atrás para evitar la curiosidad del solar, cuando Lorenzo empezó a bailar en el cabaret del Capri y todo empezó a ir mejor. Era un negro bello, sin una gota de grasa, sin edad, con movimientos de gacela y facciones de hembra, de labios gruesos, carnosos y piel tersa y dura. Era un negro descarado, atrevido, insolente.

El blanco, un alemán tatuado hasta los dientes, apenas habla español. Abre una lata de cerveza que ofrece por señas y Lorenzo casi la bebe entera de un solo trago. Luego la pasa suavemente por su pecho lampiño para aliviar el calor. La excitación del blanco crece de nuevo y se sienta a su lado. Rodea con su brazo de gárgolas y sirenas su pequeña cintura pero Lorenzo lo aparta con suavidad. –No Ron, no. Yo estoy comprometido sabes, com-pro-me-ti-do. Estoy casado. Casado sí, con una gaita –Hace señas de llevar un anillo en anular y el otro sonríe–. Lávate ese colgajo anda –pero Ron no entiende y sigue sentado sonriendo quizá sin comprender la desfachatez de Lorenzo; simplemente por la gracia de sus gestos y de su acento–. Te doy la mano y te quieres coger el brazo, y encima la tienes tan flaca que... pa' qué.

Lorenzo tiene que llamar a Fátima. Otra vez se ha quedado sin blanca. «Es que tengo muchos gastos», se justifica a sí mismo, pero es un mano rota. Vive por encima de sus posibilidades y de las de Fátima, su esposa tullida, y de las de cualquiera que le quede al alcance. Hace apenas una semana que se fue. Hace apenas siete días que es un hombre casado, pero para él es como una especie de ejercicio social. Jamás ha tenido ni siquiera curiosidad por irse a ninguna parte. Él nació en un solar. Él vive en la mierda, como los cerdos, es lo único que conoce. Todo el mundo, en su mundo, mea, caga, singa, duerme y come sin intimidad. No son familia. En el solar ni los hermanos son familia. Al contrario, son enemigos prisioneros de ellos mismo, voluntariamente. Dependientes de una ruina sin la que no sabrían qué hacer. Él es una serpiente pitón en medio de esta jauría. Él es un luchador, un guerrero. «¿Para qué cojones quiere Fátima que me vaya a pasar frío?». Tiene algunas gestiones que hacer. El papeleo necesario para reunirse con ella en España. Pero el dinero no alcanza. – Cojones, que agarrada es esta gaita. Me manda el billete justo y una tiene sus gastos –Pasa el tiempo que para él no pasa. Para Lorenzo la vida es gozar. Una gozadera eterna entre un cuerpo y otro. El buen gozador no goza todos los días, sino que empieza a gozar un día y mantiene la gozadera hasta entonces. Es como el alcohólico que empezó a beber y ya no sabe parar. Para él la vida es loca. No puede perdérsela. Él es loca, desenfrenada, intensa. Pero Fátima le aprieta según pasa el tiempo y no recibe las noticias que espera; las noticias normales, comunes y corrientes que debería esperar.

Fátima le ha dado un ultimátum. Lorenzo ha protestado: – ¿Tú te crees que yo soy tu perrito? Yo soy negro, pero la esclavitud ya se acabó. No me puedes tratar así. –Pero Fátima ya ha cumplido con su parte y está furiosa. Jamás había imaginado tanta jeta, descaro, desfachatez, atrevimiento, desvergüenza, frescura, insolencia, desparpajo, osadía. Jamás en todo el mundo conocido y recorrido había visto ser igual. – No hay más dinero –le dijo con la misma firmeza y sonoridad que «pedazo de imbécil» y la palabra «no» sonó como si toda la mierda de todos los elefantes en apuros le hubiese caído encima–. Con este dinero que te mandé Lorenzo, te sobra. Te tiene que sobrar. Es el último. Si no resuelves todo y no vienes… te corto el agua y la luz. Te lo juro por mis muertos.

Las gaitas cuando juran por sus muertos son muy peligrosas y Fátima tenía un regimiento de oscuridad. Está osorbo, osorbo. Tenía un regimiento de quemados, fusilados, defenestrados, ahorcados, que podían ser las caricias del suicida más retorcido. La venganza estaba servida en bandeja de plata. A regañadientes, Lorenzo hizo lo que tenía que hacer; lo que se había comprometido con la bemba chiquita. Incluso tuvo que robar a una argentino unos dólares, bailar perchero por otros y estafar a medio solar para salvar el importe del billete. Lorenzo quemó todas las naves, los botes y los salvavidas. Fátima le envió mucho más que todo eso junto pero él, el bolsillo roto, pozo sin fondo, garganta infinita, se lo fundió. Fátima ya no le cree. Casi no puede ya ni oírle. No puede estirar más la cuerda siempre a punto de ahorcarle. Pero Lorenzo decide salvarse la vida, por ahora.

Lorenzo se vistió con sus mejores galas, se perfumó y entalcó (por si acaso, nunca se sabe), y partió al aeropuerto con su pequeña maleta. Aquello era un hervidero de gente para aquí y para allá. Familias despidiendo. Gente yéndose. Todos llorando. Suspirando. Muchas emociones juntas. Algunos van, otros vuelven. Los que van no saben si volverán; muchos ni siquiera saben adónde van. Los que vuelven no saben lo que van a encontrar. Vienen cargados. Van vacíos.

La colas son larguísimas. A pesar de los pocos vuelos del aeropuerto internacional "José Martí", las colas siempre son larguísimas, como en la calle. En Cuba nadie tiene prisa. Aduana, Emigración, menos. Todas las caras y los bultos son escudriñados con sumo cuidado. Todos son sospechosos de algo. Todos los pasaportes son exquisitamente revisados. Lorenzo le pide el turno a un tipo muy puesto con un *jean* blanco marca Levis y unas gafas de policía Ray Ban Aviator. Hablan. Los dos viajan por primera vez a España. El tipo es el marido de una famosa. Lorenzo se entera que ser famoso es un oficio en España, de los mejores remunerados. Pero él tiene que seguir a Galicia. ¿Será otro país?

Orlando marca un buen paquete. Parece un chorizo enorme; pero eso se trae, no se lleva. ¿O es al revés? Los dos se declaran bisexuales sin preámbulos; como quien dice «me gusta la fresa» y el otro responde: «pues a mí el chocolate». Les entran ganas. Se rozan mientras avanza la cola. Por fin despachan el equipaje. Quedan en los baños. Están en territorio cubano. Tienen que tener cuidado, el calentón puede costarles la ruina, quedarse en tierra para siempre, pero la que vela por el papel higiénico en la puerta y recoge moneditas que no valen nada, no está. Ha ido a mear o a luchar un chicle. Se meten sin que los vean en un cubículo vacío. Lorenzo se baja los pantalones con prisa. Lubrica su culo con saliva. No tiene nada mejor a mano y no pueden hacer ruido. Orlando saca la enorme verga. Lo encula por detrás y se mueve rápido. Lorenzo pone los ojos en blanco. Le falta la respiración. Jamás había sentido tanta tirantez. Los dos se vienen. Lorenzo dibuja un cuadro abstracto en la pared: blanco sobre blanco. Orlando descarga un chorro de semen en aquel agujero extra elástico. Apenas pueden respirar. Hacer todos los ruidos para dentro, sin que suene afuera, es muy difícil. Exige el entrenamiento de los deportistas de élite. Los corazones están a punto de estallar.

La cabeza retumba. Solo tienen que esperar el momento oportuno para salir sin que los vean. ¡Al fin! Orlando hace como que se lava las manos y humedece el pelo. Lorenzo se seca la abundante leche con papel higiénico. Se deja un trozo a modo de compresa. Se arregla un poco el desorden y sale a enjuagarse la cara en el lavamanos de al lado.

–Mucho gusto –le dice sonriendo–. Mi nombre es Lorenzo.

–Orlando –responde con la misma picardía–. Para servirle.

Luego salen a pasar el control de emigración. El avión sale en un hora. Aún les queda tiempo de beber una cerveza dentro, si alguno de los dos lleva más de un par de dólares encima.

ÚRSULA

3

Apenas tres meses después del primer encuentro de Úrsula con José, éste volvió. Quería casarse y la cogió por sorpresa. En su pueblo nadie se quiere casar así, de esa manera, y José solo era un perfecto desconocido que se había tragado el cuento de la buena pipa tres meses antes. Úrsula le dijo que sí, sin saber muy bien qué hacía. Jamás le habría dado el sí, pero pensó que él estaba lejos y ella cerca. Pensó que sacrificarse una vez al año tampoco era demasiado pedir. Era algo que podía gestionar sin despeinarse. Con José de marido, Úrsula tendría una fuente inagotable de sustento sin sufrir demasiado las consecuencias. Pero no pensó demasiado.

Úrsula no tenía ningún plan de abandonar la isla. Ni siquiera conocía la Habana. El mundo allí ya era demasiado grande. Ella solo quería poder vestir como los extranjeros que llegaban de turismo, poder comprar cualquier cosa aunque no la necesitara y poder vivir sin trabajar. Quería poder, solo eso: Poder. Esos eran sus únicos sueños y sus máximas aspiraciones. Casarse no le pareció un mal mayor. Ojo que no ve, corazón que no siente. Podría tener novios, entrar y salir allí cuando quisiera. Hacer y deshacer a su antojo sin dar explicaciones a nadie. Podía ser alguien. José nunca lo sabría. Es imposible que pudiera enterarse. Mucho más que lo creyera, si le llegara algún chisme. Allí podía ser libre. Al menos con esa idea prisionera de libertad que tenía. Así que se casó, sin bombo y platillo, sin pregonarlo demasiado; aunque todo el mundo se enteró, sin ganas y sin saber decir que no.

Pero José tan pronto firmó los papeles y cambió de estado civil empezó a hacerse el marido y a ponerse pesado. Muy pesado. Demasiado. Después del casorio transoceánico, se puso insufrible. No solo escribía cartas estúpidas y llenas de faltas de ortografías y palabras raras sin parar, sino que le exigía lo mismo. Úrsula lo intentó. Era su esposa. En definitiva debía velar por su inversión. Pero no podía. Era demasiado sacrificio escribir tanto sin saber de qué y, a veces, cómo. Empezó a llamarla a cualquier hora. Ya no esperaba al mediodía del domingo. Llamaba los sábados a las 12 de la noche cuando para él apenas eran las 6. Repetía a las 2 o a las 3, o el domingo, o el viernes. Empezó a ponerse insoportable, a acosarla, aunque Úrsula no usaría nunca esa palabra.

La sorprendió muchas veces. Claro, normal. A quien se le ocurre llamar a una niña, que puede ser su hija, a esas horas intempestivas un fin de semana. A José no le valía que su abuela le dijera: –Está dormida. No quiero despertarla. No. Él exigía que la dispusieran y a su abuela se le estaba acabando la paciencia. –No, Úrsula. No. Yo no puedo seguir con esto. Tienes que cumplir con ese hombre. Ya tú eres una mujer casada –Pero Úrsula estaba viviendo la flor de su vida y no estaba dispuesta a renunciar. Al final la abuela descolgaba el teléfono o lo metía debajo del colchón con varias colchas encima para que los dejara dormir. Cuando llamaba por el día Úrsula contestaba y aplacaba a la fiera con disculpas más que comprensibles y palabras de amor. –No, papi. ¿No te has enterado del frente frío que pasamos? Se cayeron un montón de líneas. No solo la mía. No, mi amor. Yo te quiero. Has tenido mala suerte. Llamaste justo cuando un tractor cortó los cables de toda esta zona. Llamaste cuando mi hermana se metió casi dos horas de palique con su novio. No, mi maridito. Cómo se te ocurre pensar que no quería hablar contigo. Yo que te di mi virginidad. Acaso esa no es la mayor prueba de amor.

José le había enviado dos pasajes con fecha abierta de salida y de vuelta. Úrsula no los había usado. La primera vez argumentó que no le había llegado. La segunda vez José se aseguró de enviarlo por DHL. Úrsula le juró que se lo robaron. Los ladrones se llevaron todo lo que encontraron, incluso la radio portátil que le compró a su abuela. Menos mal que ella tenía algunas cosas en el hotel. José se había vuelto loco. Jamás había gastado tanto dinero en tan poco tiempo. Ya ni siquiera sus amigos de la peña se atrevían a decirle nada; a pesar de que hablar por hablar es gratuito. Con Cuba todo es complicado. Entre Cuba y Úrsula lo tenían frito. Lo estaban asando, quemando, friendo y José ya no sabía cómo ponerse.

Se amansaba como un duna cuando no soplaba aire, pero la calma solo duraba hasta el siguiente desplante. Entonces se hartaba, se desesperaba, se ponía como una fiera en celo. Le quemaba la rabia, desplegaba una calima capaz de hacer arder al mismísimo infierno. Un José violento e incontrolable poseía al bueno de José de toda la vida. Ya ni siquiera podía contar nada a nadie en la peña del desguace. Se reirían de él. Pringao. Eres un pringao. Pero Úrsula le convencía y todo volvía para desmadrarse a continuación. Al final se obsesionó. Entre las dudas y los celos se quemó, se achicharró, se fundió.

Úrsula pasó al ataque. Ya tenía un plan B. ¿Por qué no? El mismo hotel. La misma táctica. Diferente país. Tenía algo de experiencia. ¿Por qué no sacarle rendimiento? No podría casarse, pero tampoco hacía falta. El italiano ya estaba casado. El argentino también; incluso el mexicano. Tenían hijas y nietas. Úrsula podría tener múltiples fuentes de manutención. Úrsula y sus maridos. José y sus celos.

Un día José se apareció en el hotel. –¡José! ¡¿Qué haces aquí?! –¿Que qué hago aquí? –le replicó en un tono tan furioso que intimidó a Úrsula. –¡Qué sorpresa mi amor! Si lo digo porque estoy loca de contenta. ¡Qué ganas tenía de verte! –En realidad no estaba allí como empleada, pero José no se enteró. Ella lo sacó corriendo del recinto antes que Joao, el portugués, la viera y se puso más cariñosa que de costumbre. Úrsula podía imaginarse perfectamente qué hacía ahí José. Había echo mal las cuentas y ésta era la primera consecuencia. Sin embargo, José se derrumbó: –Perdona, pero es que te necesito –y Úrsula lo perdonó y se sintió aliviada y segura de sus recursos y para que no quedara duda esa noche le convenció que era suya, que aquella había sido una buena inversión.

Le folló de verdad y le juró entre lágrimas que se reuniría con él lo antes posible; aunque fuera, en principio, de visita. José se lo tomó al pie de la letra: la llevó a las oficinas de Iberia en la Habana y compró el billete. Ahora si no había excusa.

El día acordado, presionada por sus hermanas y por su abuela, un vecino la llevó hasta la Habana, y la dejó en el aeropuerto casi justo para embarcar. Era prácticamente imposible cualquier arrepentimiento. Todo parecía intimidarle. Tanta gente, tantas maletas, tantos aviones, tanto ruido, tanto pa'cá y pa'llá. Ni siquiera podía imaginar que, en Barajas, todo eso sería multiplicado por mil. Una señora de gafas negras y turbante se le acercó hasta sentarse a su lado. Iba vestida con un mono entallado de leopardo, muy maquillada y perfumada con olores que Úrsula no había imaginado. No podía dejar de mirarla y su falta de tacto no pasó por alto. Al final entablaron conversación.

—¿Es tu primera vez, verdad? —le preguntó la señora de gafas y turbante con una voz ronca, raspada por cantidades ingentes de nicotina.

—Si —respondió Úrsula con suma timidez.

—Siempre hay una primera vez querida. ¿Vas de visita o a algo oficial?

—Voy a ver a mi... marido.

—¡Uhm! Yo acabó de dejar al mío —se rió la mujer—. Los hombres son unos inútiles. Créeme. Todos los hombres —y pronunció "todos" como si fuese escrito en mayúsculas—, son unos perfectos inútiles.

—Ya.

—¿Vas de viaje definitivo?

—Espero que no. Voy por primera vez.

—Ten cuidado cariño. Mucho cuidado —le aconsejó sin que Úrsula supiera muy bien por qué y le dejó una tarjeta con su teléfono—. Si necesitas cualquier cosa, llámame.

Úrsula no lo sabía. Aquella mujer era famosa. Muy famosa. En Cuba ponían muchas de sus películas, pero en su pueblo no las veían todas. Muchos extranjeros no paraban de mirarla cuando la reconocían. Algunos se atrevían a saludarla con un leve gesto delicado esperando algo de reciprocidad. Otros, más arriesgados, le pedían autógrafo. Salomé se hubiera ido a la cama con Úrsula allí mismo y se la hubiera comido con patatas, pero no hacía falta ir a la universidad para saber que aquel animalejo asustado y mal vestido solo sería capaz de salir corriendo de, ni siquiera, imaginarlo.

José la recibió con flores y honores. La exhibió ante la peña. La paseó por todas partes; pero Úrsula no estaba contenta. Algo, imposible de explicar, se había dejado en el aeropuerto. Intentó comportarse lo mejor que pudo, pero José estaba demasiado obsesionado en su coño y en tener hijos y ella estaba demasiado indispuesta al sexo y al amor. José bebía demasiado. Era muy brusco. Ella, la guajira, estaba asustada en un mundo rural muy parecido al suyo. José era directo. No es posible que alguna de aquellas cartas de amor saliera de esas manos. ÉL iba a lo suyo, al grano. Un día la violó. Él quería mojar. Ella no. Le pegó, la arrastró, la doblegó y la violó. Úrsula quedó echa polvo. Se arrepintió una y mil veces de querer poder vestir como los extranjeros (ahora los veía cheísimos), de querer poder comprar cualquier cosa aunque no la necesitara (tenía de todo y no disfrutaba de nada) y de querer poder vivir sin trabajar (daría la vida por ser una mujer independiente). Se sintió furiosa, poca cosa, sucia, desgraciada. No podía contarle nada a su familia. No podía quedarse. No podía irse. Solo tenía el teléfono de aquella mujer con voz de hombre, pero lo había olvidado.

Después de aquel terrible episodio José le pidió perdón y ella no dijo nada porque no se atrevió. José se disculpó para volver a zurrarla a la semana siguiente y la de más arriba. Casi un mes más tarde llegó borracho, ya acostumbrado a las palizas y a las violaciones, se quitó la ropa y avanzó hacia ella en la cocina. Si nada se lo impedía, José le haría cumplir por la fuerza el papel de esposa al que se había comprometido ante la ley. Pero José se llevó la mayor decepción de su vida. Úrsula agarró el cuchillo jamonero con firmeza y lo atravesó como a un cerdo partiéndole el corazón en dos. Ni siquiera chilló. Solamente se derrumbó ante ella y se desangró sin protestar. Úrsula soltó el cuchillo y empezó a temblar. Su mente se quedó en blanco. Era una emergencia, la más grave que le había tocado vivir, y ni siquiera se acordaba de aquella tarjeta que le dejó una desconocida en el aeropuerto para cualquier excepción.

En el pueblo todo se oye. Todo se sabe. Al rato llegó la guardia civil y se la llevó esposada a la comisaría sospechosa de asesinato en primer grado.

JOSÉ

1

José llegó a Viñales en una excursión organizada por la agencia de turismo Iberostar, desde Trujillo, Extremadura, junto con una docena de paisanos. En su barrio, Huerta de Ánimas, habían organizado una peña de solteros a la que pertenecían alrededor de veinte desahuciados por el sexo femenino. No se comían ni una rosca. Esa era la única condición imprescindible para ingresar al club: ser discriminado, ignorado, sentenciado por el sexo opuesto. Los miembros se juntaban casi a diario en el local del fundador para jugar, hablar, fumar y, divagar, acerca de cómo podían cambiar el curso de su historia sexual. En un desangelado *brainstorming*, muy parecido a otros, alguien tuvo una iniciativa: sugirió viajar a Cuba. –Allí sí se moja –sentenció. No lo propuso por experiencia, por supuesto. Ni por cuestión de extrema sabiduría y experiencia. Pero lo soltó con la misma autoridad que un cura larga un increíble sermón y todos los feligreses le creen a pies juntillas sin ningún tipo de prueba de fe. La palabra "mojar" les llenó la boca de saliva a todos y reavivó el deseo de reconquistar América.

Contrataron la excursión. Fijaron fecha y duración. Lo suficientemente pronto y larga. Pusieron la pasta para el fondo común. Lo suficientemente poca. Acudieron en tropel al todo a cien, también por consejo del más enterado, y llenaron sus maletas de bragas, cepillos de dientes, jabones y bisutería china. –Allí hace falta de todo –dijo el sabio. Todos salían por primera vez de la península ibérica en un avión. La mayoría incluso se iniciaba en ese de viajar en avión. No les invitaron a bajar de la nave porque en vuelo es muy peligroso, pero más de una vez les llamaron la atención por el sistema de megafonía. No podían evitarlo. La masa se comporta diferente al individuo. La masa carece de cerebro. El efecto rebaño era incluso contagioso.

Nada más llegar al aeropuerto José Martí los empujaron a un microbus con aire acondicionado polar y los despacharon a un hotel en la Habana. Un par de días después volvieron a juntar al rebaño para llevarlo al Valle de Viñales. A alguno ya ni siquiera le quedaba una minúscula pulserita de cuentas plásticas multicolor en la maleta pero todos, excepto el barbero de Huerta de Ánimas, seguían sin mojar. El peluquero se deslizó, sin que nadie sospechara, a un sitio que le recomendó para tener sexo un veterano de otra excursión en el Hotel, por el Cerro, muy cerca de la Ciudad Deportiva. Por veinte dólares se la metió a un travesti en un descampado cercano. Se corrió nada más empujarla. Aquel culo le apretó de tal manera que no resistió a contar hasta diez. Se preguntó por qué no lo había hecho antes. La prostitución era, en definitiva, el oficio más antiguo del mundo. Pero rápidamente cayó en la cuenta que todo el pueblo lo sabría al instante. Tendría que viajar demasiado lejos, exiliarse prácticamente. Tendría que jugar a ser otro para librarse de la enorme boca de la villa. El travesti le invitó a regresar. –Cuando quieras volver, aquí estoy, esperándote. No te imaginas la cantidad de cosas que puedo hacer –Si que sabía fidelizar a un cliente. Mucho más a uno que pagó cuatro veces más por el mismo servicio. «Joder, ¡qué profesionalidad!» El resto nada de nada. Se movían en manada para afrontar el miedo y la vergüenza. Armaban demasiado barullo. Llamaban la atención de la policía y ahuyentaban a las jineteras. Todos aprendieron la lección. En Pinar tendrían que atacar en solitario y con mayor discreción.

Al llegar allí José conoció a Úrsula. Ella recogía la habitación y le sonreía con la sonrisa más angelical con que jamás le habían sonreído.

Tenía una semana para conquistarla y lo consiguió. Úrsula, la joven y bella Úrsula, se rindió ante los pies de Don José el conquistador, el extremeño sin casco, ni adarga, ni lanza en astillero. Pese a la asimetría de sus asimétricas piernas, pese a la desproporción estética, pese a la diacronía vital. Pese a todo. Aquella niña encantadora le entregó su virginidad y se declaró suya para siempre.

José no pudo contener su secreto; más milagro que secreto. Al final se lo sopló a uno de los suyos. –La desvirgué –le susurró–. Me tengo que casar con ella. –El otro no dijo nada. Se preguntó cómo era posible que aquello sucediera; pero en un país donde suceden milagros fuera del alcance de su entendimiento, prefirió callarse. En definitiva, no preguntaba nada. Era tan poco probable que ni siquiera sintió envidia.

Lo cierto es que José folló solo una vez con Úrsula. Fue algo extraño y confuso: con la boca seca de tanta conversación y sin preservativo. Fue algo rápido e incómodo. Fue algo muy extraño que José lo achacó a su inexperiencia. Fue algo tan confuso que tuvo más que ver con la ficción que con la realidad. A su regreso le mostró a un cubano que viajaba cerca la foto de su novia. Úrsula posaba abrazada a un muchacho fuerte de piel mucho más oscura. –Es su primo –le confesó.

José volvió una segunda vez al valle de los mogotes. Úrsula le esperaba. Tuvo suerte. Aquella "primera vez", tenía la menstruación y José se lo tragó. No le quedó más remedio ante la evidencia. Lo menos que podía hacer era sacarla de allí y hacerse cargo. José ni siquiera preguntó su edad. Estaba tan desesperado por la experiencia, que se inventó todos los detalles que faltaban y eliminó aquellos inconvenientes que sobraban.

José creyó que había encontrado el amor. Ya sabía que el amor era algo difícil y escurridizo. Ninguno se cansaba de repetirlo. Es algo inesperado, llega cuando menos lo imaginas. No tienes ni idea. Solo lo percibes cuando todo cambia y lo que es verde parece azul, lo que es negro luce blanco y lo que es marrón quizá es más rojo. José se cegó, perdió lo que quedaba de su atrofiada mirada de la vida. Se enamoró. Eso creyó.

Desde que se marchó le escribía, por lo menos, una carta a diario y la llamaba, al menos, una vez a la semana. Le enviaba dinero, bragas, cepillos y pasta de diente, rollos de papel sanitario, jabones, compresas y tampones, en fin, a su reina no le podía faltar nada. Porque, aunque no lo supiera, ya era suya. De hecho, fue algo que no pudo controlar. No le dejaría escapar por nada del mundo.

Esta segunda vez, José folló un poco más que hizo el amor. Esta vez no tuvo que romperla de nuevo. No mojó mucho más que la primera vez porque Úrsula se encontraba predispuesta con unas jaquecas insoportables. Pero él seguía enamorado, así que no importaba. Había cosas mucho más importantes que hacer como hablar de boda, matrimonio, enlace, casorio, bodorrio, alianza, coyunda. También de hijos e hijas y de futuro. Úrsula era novata, demasiado joven, demasiado perdida, demasiado incrédula y prestó el oído y no ofreció resistencia ante el envite. No sintió el peligro. Donde había amenaza vio oportunidad. Donde había debilidad vio fortaleza. Los fallos estratégicos pueden costar caro, pero Úrsula no lo sabía y no lo quería saber.

José hizo todas las gestiones burocráticas exigibles. En una semana, después de palmar cantidad ingentes de divisas convertibles en sobornos y compras de favores, todo estaba resuelto. Pasaporte. Certificados. Poderes. El resto lo podía hacer desde España. Úrsula estuvo de acuerdo. Se casó en cuanto regresó a su amada Huerta de Ánimas por poder. En realidad tuvo que ser en Cáceres, capital de provincia. Pero eso no era relevante. Cumplió su sueño con creces. Cuba le había dado una mujer que parecía su hija. No podía esperar más de la vida.

ORLANDO

2

Salomé, la gran Salomé, cumplió su palabra. En España volvía a ser portada de todas las revistas del corazón, volvía a ser solicitada por todos los programas televisivos de cotilleo e incluso volvía a dar conciertos.

Salomé, antes de conocer a Orlando, había viajado a Cuba invitada por el Ministerio de Cultura a petición del Centro Andaluz para recibir un homenaje a su larga carrera y su poderosa influencia en la cultura popular. Sí, el gobierno revolucionario de Cuba obsequia, en determinadas circunstancias, este tipo de homenajes exóticos. Antes de ese viaje, Salomé estaba muerta en vida. Así que, a su regreso a Madrid, dejó caer a la prensa del corazón, que algo en la Habana llamaba su atención. Lo hizo como lo saben hacer las mejores expertas. Poco a poco, exclusiva tras exclusiva, rumor tras rumor. Llamaba a Orlando con regularidad y también, poco a poco, le fue dando el "sí, quiero".

Regresó. Salomé regresó a la Habana en el momento oportuno para preparar su desembarque en Madrid. Orland Burro-Flan le esperaba en el aeropuerto con un ramo de flores rojas, uno de esos manojos parecido con el que lloraba desesperada en una de sus míticas películas cuando era deseada por todos. Esta vez una tromba de paparazzis viajó con ella. Querían conocer al afortunado. Querían entrevistarlo, retratarlo, conocer su verdadera intención, rebuscar en sus trapos sucios. Querían lincharlo.

Orland no cabía dentro de sí. Tampoco dentro de casi nadie, pero eso aún era un misterio para Salomé. La llevó a conocer a sus padres, que eran más jóvenes que su futura nuera. La paseó por todos los lugares turísticos que ella pagó a golpe de tarjeta de crédito. Se retrataron juntos. Le abrió su corazón. Aquello era, simplemente, obra de un milagro. Su ídolo era su novia.

Salomé, más bien su influencia y generosidad, ayudaron a Orland a sacar un pasaporte y a prepararse para viajar a España con todo lo que eso significaba, burocráticamente hablando. Fue allí, en la Habana, que la vieja Salomé vio a aquel capricho de la naturaleza del joven Orland por primera vez. Ese primer evento requería una inmersión cultural adecuada.

Burro-Flan era oyente asiduo de Radio Enciclopedia. Pensaba que era una emisora de música culta. Tenía un tocadiscos y algunos vinilos "especiales". Le preguntó a Salomé que prefería. ¿Paul Mauriat? ¿Fausto Papetti? Salomé no supo qué decir. No le sonaba ninguno. ¿Richard Clayderman? ¿Ray Conniff? ¿Franck Pourcel? Tampoco. –¿No sabes quiénes son? –Orland no daba crédito. –No. Lo siento cariño, esos músicos deben de ser muy famosos aquí en tu isla pero en España, no –Salomé hubiera preferido algún disco suyo de copla, tenía hasta un platino, pero no habría sido muy chic pedirlo y Orland, por lo que pudo ver a simple vista, no tenía ninguno suyo. Le había sido imposible conseguir, ni siquiera el más famoso. Tuvo que consolarse con recortes de prensa tan ruidosos como silenciosos. Rebuscó entre sus pocos discos, aún con el monstruo escondido en unos calzoncillos ortopédicos de patas largas, y después de mucho hurgar, dio con el adecuado. ¡Herb Alpert! Orlando ni siquiera preguntó. Salomé estaba en corpiño y bragas de seda esperando pacientemente en la cama en una pose que ya empezaba a dolerle. Orland se emocionó tanto con *Rise* que sacó la polla sin previo aviso. Salomé no supo si debía comerla o devolverla en bandeja. «¡Cojones!» Jamás había visto cosa igual y ¡mira que había visto! A su edad pensaba que ya lo había todo. Se equivocó. Aquello le hizo sudar frío. «Esto me va a hacer mucho daño». Pero tenía que seguir el juego. Ahora que todo volvía a su camino no podía parar y así fue. Aquel añadido se puso lo bastante duro para poder metérsela sin mucho preámbulo y venirse, se quedó lo suficiente blanda para no desgarrarla. Tuvo dolores de ovarios el resto de la semana. No se corrió, ni quiso probar de nuevo ante aquel mastodonte inerte y doliente; ni siquiera llevársela a la boca. Aquel incidente borró cualquier posible estímulo "sexual" entre ambos.

Follaron más veces, de hecho se casaron por poder, cada uno en su casa y con separación de bienes, pero siempre con desgano. A Orlando no le hacía ninguna gracia aquella vulva flácida, seca y pelona de su mujer. A Salomé mucho menos aquel absurdo dispositivo que le provocaba dolores de parto. Al Burro no le suponía un fastidio. Era algo que podría superar en cualquier culo anónimo de una sauna oscura de Madrid. Eso le habían dicho. Sin embargo, siguió cumpliendo con su deber cuando las circunstancias lo permitían. Para Salomé cada acto carnal era una pesadilla que le dejaba el estómago revuelto, a punto de devolver; demasiado coste para tan poco placer. Pero no rompió un contrato tan jugoso. «Para gusto se hicieron las mujeres». En público era la famosa que se casó con un fenómeno sexual; en privado, una desdichada incapaz de salir del armario.

Cuando Salomé salió de la Habana, por segunda vez, todo estaba resuelto. Orland podía viajar a Madrid, a España.

No imaginaba la que le esperaba. Era difícil imaginarlo. Primero la carroña fue amable. Lo recibieron con risas, burlas, indirectas. Orland era más simple que un microbio. No tenía capacidad para defenderse, ni para atacar. Él solo decía que Salomé era lo más importante de su vida desde que tenía uso de razón. Después le acusaron de aprovechado, mantenido y falso. Le insultaron. Le denigraron y humillaron. Orland apenas viajó a Madrid un par de veces. La primera regresó espantado, pero optimista. Salomé era lo más importante. La segunda fue la definitiva. En un programa de televisión le sometieron a un detector de mentiras. Orland Burro-Flan le dio credibilidad científica. Las preguntas eran muy variopintas. ¿Cuál fue el primer éxito internacional de Salomé? ¿En qué película se vio desnuda por primera vez? ¿En qué película Salomé hace una felación explícita? ¿Cree usted que su mujer es lesbiana? ¿Mantiene usted relaciones sexuales con su mujer? ¿Es usted homosexual, bisexual o transexual? El mundo al revés. Los falsos resultaban verdaderos, los verdaderos, falsos. La orgía de la posverdad. Pan y circo. Orland, que era tranquilo y paciente, perdió el norte. Había palabras que ni siquiera conocía. Se sintió tan ofendido que se arrancó los cables con fuerza y se fue del plató. Salomé vendía exclusivas como churros pero él estaba harto. Su ídolo le caía encima. El Burro se exilió de la tormenta. –Si quieres verme, te vas a la Habana –le ultimó.

Pero no siempre fue así. En su primer viaje a Madrid, cuando todo parecía felicidad, Orland llegó al aeropuerto internacional José Martí con un *jean* blanco marca Levis y unas gafas de policía Ray Ban Aviator que le había regalado Salomé, dispuesto a comerse un mundo que no conocía. En la cola, en esa siempre larga y calurosa cola, Orland hizo amigos. Un negro estilizado y elegante se presentó como Lorenzo. Para los dos era su primer viaje a la madre patria. Las conversaciones en los aeropuertos del resto de nacionalidades suelen ser intrascendentes pero los cubanos se cuentan la vida. Lorenzo está casado con una médico. Orlando con una famosa. ¿Famosa? ¿Qué oficio es ese? Pues sí. Es difícil de explicar pero sí, es como un trabajo. El enorme bulto de Orlando no pasa inadvertido para nadie. Mucho menos para Lorenzo. ¿Qué cosa es eso muchacho? ¿Dónde vas tú con eso? Te van a hacer pagar exceso de equipaje o dos asientos. Ja, ja, ja. –¿Quieres probarla? –invita Orland. A Lorenzo le ha tocado la lotería. Quedan en los baños. Tienen que tener sumo cuidado. Les puede costar quedarse en tierra bajo rejas. Pero ya nada puede detenerlos. Esperan. El elefante y la gacela pastan entretenidos hasta que la leona que custodia la puerta desaparece. Hay un cubículo vacío. Lorenzo enseña su culo terso. El esfínter está dado de sí. No tiene vaselina pero con saliva vale. Orlando saca al animal. Lorenzo cierra los ojos y se persigna. La cabilla está aproximadamente al 80% de su capacidad. Lorenzo se abre las nalgas todo lo que puede mientras siente que lo parten en dos como a un melón. Suda. Sus ojos se quedan en blanco. Cree que se le salen de las órbitas. Orland se mueve con prisa y torpeza. Lorenzo apenas puede soltarse el culo por miedo a quedarse como perros enganchados. Es un reflejo incondicionado. El masaje en la próstata le hace expulsar un chorro de semen contra la pared a la vez que siente como se llena su intestino. El corazón de cada uno está a punto del colapso. La mordaza psicológica está a punto de asfixiarlo.

¡Dios! Lorenzo quiere llevárselo con él a Galicia. Orland le recuerda que es el marido de una famosa. Lorenzo suspira mientras intenta limpiarse el culo. Él también es un marido, aunque no haya tenido tanta suerte. Por lo menos podrá invitarlo a una cerveza. ¡No se han presentado! —Mi nombre es Lorenzo —le dice y el Burro responde con el suyo. —Orlando, para servirle. —¿Para servirle? Salen sin ser notados. En los baños no hay cámaras de seguridad. En Cuba la cámara orgánica de seguridad había tenido que salir a hacer algo y se perdió la fiesta. Todavía pueden pasar una hora juntos.

SALOMÉ

3

Salomé terminó hasta los cojones de Orlando casi desde antes de firmar aquel estúpido documento que los comprometía como marido y mujer con división de bienes gananciales. Incluso le presentó a Orland a su peluquero para ver si él podía hacer algo que a ella, a esas alturas, le producía demasiada pereza. Orland le rompió el culo al peluquero y a varios amigos. No porque fuera la primera vez, sino porque aquella prominencia era demasiado extravagante. El esfínter rugía, se desgarraba, y al sacarla, se llevaba consigo un buen trozo de intestino. Las almorranas se volvían crónicas. Ni la hidrocortisona o la prednisolona aliviaban aquella inflamación, ni el óxido de zinc, ni la anestesia. Ni siquiera el yoga. Todo aquel ser que ofrecía su culo a Orland quedaba condenado a vivir con el efecto "culo de mandril" por el resto de su vida. El desahogo de Orlando aliviaba el estrés de Salomé pero él, siempre despistado, no leyó adecuadamente las señales. Pensaba que debía quedar como un hombre con su mujer y no que su mujer, en realidad, escurría el bulto.

Entre el poco seso que ocupaba su cavidad craneal, el servilismo extremo que al principio parecía gracioso, la musiquita popular ligera de los cojones, las llamaditas a Cuba (más caras que si llamara a Groenlandia para dar clases de idioma con una foca), y el poco juego que daba Orland en el sistema del entretenimiento español, Salomé se cansó. Ya ni siquiera enseñando aquella polla disparatada ante las cámaras nadie pagaría más por ella. Sí, era una cosa enorme, digna de embalsamar, pero es que ya estaba medio disecada. Empalmarse le podía provocar un infarto por insuficiencia cardíaca o descenso calamitoso de insulina.

Orland se metía en todo. Sabía de todo. Opinaba de todo. No acertaba en nada. Ya no habían islas de famosos, grandes hermanos, o programa que se precie, que lo reclamase. En una playa aguantó menos de una semana. Los mosquitos se cebaron con su enorme polla. Se la pincharon tanto que se le deformó y empezó a gangrenarse (al menos eso creían, ante la destrucción de tejido vivo a causa de la falta de circulación sanguínea); pero lo cierto es su enorme morronga era asmática. Le faltaba sangre. Le falta aire. Se meneaba amoratada y hematomizada entre las patas de los bañadores. Dos chicas de la isla se peleaban por ver al monstruo del lago Ness. Solo por curiosidad o por asegurarse la permanencia. Pero aquello solo podía ejercer a media asta. Fue la comidilla de todos los platós y eso le salpicó. Al final Salomé lo animó a ver a su familia para darle el sablazo. Tenía todo preparado. En cuanto se aseguró de que estaba bien lejos y a salvo, que su polla era custodiada debidamente por la seguridad del estado cubano, lo asesinó públicamente. Como hacen en España los mejores matadores.

Salomé dio carpetazo al blandi-blan del Burro en un titular. Se había divorciado por poder. Todo era cuestión de tiempo saber si Orlando estaba o no dispuesto a tocar los cojones mucho o poco, a dar más o menos juego. Orlando no entendió nada. Era como si una poderosa nación extranjera como Francia le declarara la guerra a la eternamente pobre Haití a través de un escueto comunicado de prensa. El mono de Orlando ya no era marido de la leona Salomé. Lo único que podía hacer era llorar de humillación, de rabia, pero nada más. Todo estaba perfectamente atado en lo que había firmado.

Ya no se vestiría más como ella cuando nadie le viera. La más grande, el sueño de su vida, se esfumaba dejándole desamparado en medio de los destrozos de un huracán grado 5, un terremoto de magnitud 7 en la escala Richter, un tsunami, el impacto de un meteorito. Se acabó Burro-Flan. ¿Cómo esperabas que te lo dijera? ¿Al oído? Las divas hablan por la prensa, no por cartas, no cara a cara. La llamó mil veces; Dios es testigo.

Orlando, el intachable trabajador vanguardia y destacado, no pudo soportar el ataque, asimilar el golpe. No le dejaban en paz. Nadie quería saber su parte; ya estaba sabida y juzgada. Todos ardían por acusarle de todo. Era como si dijeran: Ves, tenía razón. Hoy todos los juicios son públicos, masivos y despiadados. Le atacaban sin más como se aplasta un gusano cuando se atraviesa en la coz de un burro. Daban por hecho que aquel doble ser recogido en una sola identidad era basura, escoria, deshecho. Al principio Orland intentó defenderse. Desde que tenía uso de razón solo había sentido adoración por Salomé pero nadie lo compró; un chicle era más caro que eso. El proceso público tenía ya su veredicto y conquistaba de allende los mares. Hasta la seguridad del estado intervino. Quizá Orlando Burro-Flan era un agente de la CIA encubierto que protagonizaba la campaña de desprestigio patriótico de mayor repercusión a nivel internacional. No solo se hablaba mal de él sino también de Cuba: la fábrica de hombres a una polla pegados. Cuba era la mayor exportadora de calaña sentimental de la historia rosa reciente.

Orland Burro-Flan empezó a beber: ron del malo, del barrio, del que sabía que perjudicaba gravemente su salud, del único que podía comprar fácil e ilegalmente. Se emborrachaba en la intimidad. Lo mezclaba con las pastillas que tuviera a mano. Pero el ron con pastillas para el estreñimiento, por ejemplo, no hacen buena mezcla. Cada mañana podía sentir que seguía allí: en la mierda, rodeado de mierda, cubierto de mierda, oliendo a mierda. Cada día se lavaba con su jarrito de agua y volvía a poner el contador a cero. Pero el mecanismo se jodió. Era culpable. Hasta que se demostrara lo contrario, era el repugnante hijo de puta abusón de ancianas caídas en desgracia que elevaba el listón de exportación de putones descerebraos de calidad a niveles nunca alcanzados.

Un día se pasó y llegó tarde al trabajo: 30 minutos. En un país donde nadie tiene prisa, ni reloj, llegó tarde a su oficina de mierda y le expulsaron, con una amonestación en el expediente; lo que, dicho de otra manera, significa una cruz para el resto de tu vida, una marca mucho más visible que las de hierro candente con las que se identifica el ganado.

Orlando se ahorcó. Tuvo que elegir y eligió. Las mujeres se queman. Los hombres se ahorcan. Decidió morir como un hombre y apareció meado, cagado y sin afeitar colgando como una lámpara oscura en medio de su habitación. Los forenses quedaron impresionados. Jamás habían visto un aparato reproductor masculino de tales dimensiones. Su decepcionada familia le incineró rápidamente y colocó su modesta urna funeraria en un rincón de un *closet* sin saber, ellos que siempre habían sido tan católicos, que la iglesia lo había prohibido en un documento conocido por *Instrucción Ad resurgendum cum Christo*; que ponía orden ante las nuevas prácticas tanto de sepultura como de cremación consideradas "en desacuerdo con la fe de la Iglesia".

Salomé no se enteró por la prensa cubana, allí eso no fue noticia, nunca pasó, sino por las revistas que le daban de comer. Una exclusiva que le ofrecía la oportunidad de volver a pasar por caja. –En el fondo era una buena persona y yo no le deseo mal a nadie –dijo entre lágrimas en un programa de máxima audiencia. La gente lloró con ella, se incrementaron las ventas de titulares y su caché. Incluso acosaron a la familia en la Habana para fotografiar las imágenes más escabrosas del entorno del suicida. Se filtró una imagen de la lámpara, mitad humana, mitad animal, que hirió la sensibilidad hasta de los espectadores más *fans*, inconmovibles y enganchados. Se debatió hasta de la calidad del ron callejero cubano. Se hicieron maratones televisivos del suceso donde intervinieron las más variopintas autoridades del sensacionalismo.

Cuando Salomé parecía haber arrasado a la incombustible Belén Esteban, declaró su secreto mejor guardado: se comunicaba con el finado. Tenía poderes extra sensoriales y línea directa con su difunto ex. Orlando no solo era culpable, sino que se sentía culpable. Ni muerto alcanzaba la paz. Sometieron a Salomé a todo tipo de preguntas ante el infalible polígrafo y el resultado fue sorprendente. Era un fenómeno paranormal en toda regla. La última sesión televisada acabó en tragedia. Por primera vez en la historia del modernísimo canal privado los focos se apagaron. La gente gritó, se desmayó, corrió. Cuando volvió la luz, Salomé estaba muerta. Tendida en el suelo como Blancanieves al morder la manzana envenenada.

FATIMA

2

Los segundos caen regularmente. Parecen gotas, aunque no suenen. Se escurren silenciosos en los rendijas de las campanadas del viejo reloj de pared. Detrás del cristal, la lluvia se precipita incansable, fina, densa. Llueve sin parar desde hace una semana, desde hace meses, desde quién sabe cuándo. Hace frío y está nublado. Desde siempre los días son grises; oscuros y húmedos. Fátima está sola, completamente sola, en ese estado de soledad humana solo animado por sonidos mecánicos que llegan del interior y sonidos naturales que vienen del exterior. El monótono tic-tac del reloj, el débil rugido del arranque del motor del refrigerador, las llamas que se apuran para mantener la temperatura en la caldera eléctrica, los crujidos artríticos de los muebles viejos, un portazo muy lejano, los ecos de las gotas interminables contra el doble cristal de la ventana. En ese silencio hasta la respiración del tiempo parece relevante.

No puede levantarse y salir a la calle. No puede correr por las húmedas aceras de la urbanización. No puede cambiar una bombilla. No puede contarle a nadie lo absurda que parece su vida. No sabe nada del hospital desde hace casi un año.

No sabe nada de su familia desde hace uno seis meses. No sabe nada de Lorenzo desde hace unas doce horas.

Ahí está. Sola.

Fátima olvidó aquella aventura tropical habanera en cuanto pudo. Le reconfortaba que un cuerpo perfecto y joven le deseara a pesar de la cabeza loca e infantil. Le fortaleció sentirse preferida. Le consoló sorprenderse poseída. No era un rastrojo humano como pensaba. Ella, la especialista en neurología, la alumna modelo, la autoridad en traumas del sistema nervioso, un claro ejemplo de lo que se puede aprender de los libros, una víctima del error, respiró otra vez en la Habana. Los deportistas le llaman a eso segundo aire. A ese soplo que te permite volver, cuando ya todo parece imposible, a la normalidad.

Fátima tuvo que llegar a hacer lo que ya sabía pero que había aprendido por métodos diferentes, más simples y naturales. Su vida biológica empezó a moverse y su vida sentimental a aletear de cuando en cuando. No podía olvidar a Lorenzo. Ni siquiera cuando estaba al cien por cien de sus facultades, nadie la cortejó y aduló como él. Nadie le dijo que era insoportablemente bella, que era peligrosamente inteligente, que era catastróficamente sincera, que era desmesuradamente buena. Lógica, bella, buena. Nadie como aquel negro delgado y atlético, fibroso y fornido, delicado y animal, la trató como a una reina. Había sido princesa, duquesa, marquesa e incluso cortesana, pero nunca reina. La reina de marfil sin regencia ni tiara del rey africano sin tierra ni corona. Sonaba tierno y triste. No podía ser verdad. Una médica no debía casarse con un bailarín de cabaret. Una intelectual no debía mezclarse con un ignorante. Una mujer estéril no debe relacionarse con un hombre exuberante.

Una tullida no debe correr con un atleta. Fátima y Lorenzo eran el aceite y el vinagre, aunque ninguno fuera capaz de identificar cuál era cuál.

Lorenzo insistió. Al guerrero no se le vence en la primera escaramuza. Lorenzo es fuerte, terco, tenaz. Fátima está lejos pero él no. Lorenzo no sabía ubicarla en un mapa, pero se las arregló para llamarle a cobro revertido y seguir resistiendo mientras preparaba el ataque. Fátima lo intentó convencer, aconsejar, asustar, pero no hay nada como la tozudez y la obstinación. La tabarra poco a poco fue amansando a la fiera. No solo la entretenía. Cuando sonaba el teléfono y era él, Fátima recibía una señal de que aún no estaba desconectada del todo. El mundo era una máquina que, de alguna manera, seguía latiendo. Alguien pensaba en ella. Un ser la hacía reír. Era una pieza rota, desechable, pero ahí estaba. Al principio le increpó, le maltrató, le humilló. Cuanto antes dejara la representación, antes terminaba el drama. Pero él siguió porfiando como si no hubiera guión. De tanto repetirse Fátima empezó a dudar y creyó.

En algún momento cedió. Quizá fue el clima. Quizá fue la lluvia incansable, fina y densa. Quizá fue la tensión política o la crisis económica o el estado meteorológico. En alguno de esos momentos solitarios, sin sombra, sin resonancias, Fátima claudicó. Pensó que debía pensar mejor. Pensar mal es fácil. Capituló, se cansó, se derrengó. Lorenzo pasó a ser una especie protegida en peligro de extinción. Pobre. Él le prometía la Luna. Ella sabía que no podía dársela, pero le encantaba la voluntad que imponía. En un momento dado todo fue a más. Fátima bajó la guardia y Lorenzo sacó el puñal.

Las conversaciones subieron de tono al unísono que las facturas. Lorenzo se hizo el novio. Fátima le siguió la rima. Empezó a enviarle dinero y en medio año viajó solita a la Habana y haciendo uso de las facultades que le fueron conferidas, se casó con él.

LORENZO

3

Lorenzo llegó a Madrid sonriendo y triunfando. En Barajas, ya en unos baños que parecían palacios, aseó bien su culo, sus manos y su cutis y se perfumó con alguna muestra de perfume de un *Duty Free*. «Si lo hubiera sabido, hubiera venido antes». Ya lo decía Carlos Ruiz de la Tejera: El que no viaja no conoce. Casi pierde su vuelo de conexión a Coruña. Tuvieron que avisarle por megafonía. Hasta se sintió importante. Todo el mundo mirándole. Al final, con un poco de ayuda, consiguieron sentarlo y salir. Llegó a Coruña despistado, con el estómago revuelto, pero aquello le gustaba. Un amigo de Fátima le esperaba y se lo entregó como si fuera un paquete.

Lorenzo jamás había sido un animal exótico. Había llegado, quizá, a la categoría de perra, cerda, cabra, pero no tenía ni idea de lo que significaba ascender a un linaje salvaje, imperial. Fátima, pese a los enfados y dolores de cabeza, le recibió como a un rey. En poco tiempo, Lorenzo se dio cuenta que era el mono de feria. Todos los amigos de Fátima, principalmente los de izquierda, pasaban a verlo. Querían ver cómo comía, cómo se movía, cómo bailaba, cómo hablaba. Lorenzo, por primera vez, llamaba la atención sin querer. Su sola presencia era el motivo de atención. Hablaba poco, lo mínimo, por lo que parecía más brillante de lo que era. Su aire afeminado y el recurrente silencio le daban un aire intelectual que sublimaba todo lo que hacía; como un extraño negativo de Warhol. Ya no era un bailarín de cabaret. Era un bailarín, a secas. Lo que dejaba entrever que era de una importante compañía de danza contemporánea. Allí, en Cuba, todos son muy educados. Todos van a la universidad. Todos son muy inteligentes. ¿Quién te lo iba a decir Lorenzo? Salir de Palo Cagao para vivir con una eminente neuróloga más blanca que la leche, en una urbanización residencial, en una casa de lujo con piscina y jardín a la Ría da Coruña. Los gallegos cantan un poco cuando hablan. El acento es gracioso, pero a Lorenzo le da lo mismo. El mono al que todos traen plátanos (o bananas, da lo mismo) es él.

Lorenzo no perdió tiempo. Incluso Fátima tenía muchos colegas *gais*, aunque ella lo desconociera. En breve, Lorenzo repartía y recibía con entusiasmo por todos los ambientes gays. Aquí nadie le rajaría la cara. Lorenzo, como un percebe, extendía su órgano reproductor para desparramar su semen donde quiera. Con el tiempo, dejó de atender a sus deberes conyugales pero, sobre todo, dejó de ser siquiera un animal de compañía. Descuidado y engreído, empezó a humillar y vejar a Fátima. Cuando Fátima se indignaba y le recriminaba, la miraba con descaro y le insultaba: –¿Vas a correr detrás de mi? Vieja lisiada –Todas aquellas palabras de amor se convirtieron en desprecio. El odio subía sin tregua ni patrón. Fátima le echó de la casa. Lorenzo se fue encantado. Tenía donde ir. Eso creía. Pero se equivocó. Sus supuestos amigos ya tenían perritos y gatitos. Lorenzo, el rey, se quedó sin trono; a punto de mendigar en la calle. Ni siquiera él, criado en Palo Cagao, sabía lo que era eso, bajo el frío húmedo y la lluvia continua.

Lorenzo reculó. Pidió perdón. Se arrastró. Sabía hacerlo a la perfección. Fátima disfrutó de la humillación y le elevó el listón un nivel más alto. Lo acogió con condiciones. Debía ser una especie de esclavo posmoderno. Le daría su tiempo libre. Le dejaría un margen para sus extravagancias. Pero llevaría la cadena corta. Era ella la que tenía dinero. Era ella la que mandaba, la ama. Lorenzo aguantó. El castigo no le pareció tan terrible. De cierta manera había sido esclavo toda su vida sin disfrutar de ninguna prebenda. Esto es capitalismo. Trabajas y cobras. Si fallas... a la puta calle.

Aquella situación era insostenible. Fátima había cambiado completamente su carácter. Era otra. Apenas tenía ya vida social. El despropósito que se vivía allí era ya de dominio público. Nadie se atrevió a decirle que se estaba pasando. Le tenían miedo. Nadie se atrevió a aconsejar a Lorenzo que huyera. Se había pasado tres pueblos. Le habían dado un dedo y se había cogido el brazo. Pero Fátima había apretado las tuercas con una fuerza titánica; se había pasado de rosca. Para salir, Lorenzo debía pedir permiso, como un adolescente, y debía regresar a la hora pactada. Si no, ya sabía las consecuencias. Se odiaban. A muerte. Pero ninguno sabía como deshacer el entuerto. Volver al nivel cero, a la casilla de salida.

Una noche Lorenzo pegó a Fátima una bofetada en la cara. Ella le mentó a su madre: –Me cago en tu puta madre –y él se ofendió más que nunca. A los cubanos no se le puede mentar la madre. Se la hubiera tatuado en la espalda con tinta banca si hubiera podido, pero daba igual. La madre es sagrada. Mamacita del alma querida. No lo pensó dos veces y le espantó un tortazo que casi la tira de la silla. No contento, le lanzó dos patadas que, con tan mala suerte, se las devolvió el acero del carrito. Enloqueció. Como una bestia salvaje le agarró por los pelos y la lanzó contra el suelo. Fátima casi perdió el conocimiento, pero él se lo devolvió de una patada en la espalda insensible y salió dando un portazo.

Después de aquel incidente apenas se dirigieron la palabra. Los dos, en silencio, fueron bajando el tono de las acciones. Habían tocado fondo. Poco a poco parecía que, por lo menos, sabían donde estaba el norte. Sin embargo, viajaban justo rumbo al sur. Parecía que había calma, pero no era más que el descanso que se toma un huracán. El respiro del silencio. Ese último día, cuando apareció Lorenzo, Fátima estaba como siempre; como un vegetal sembrado en su maceta, marchitando, por mucho que afuera lloviznara. Se le había caído un pañuelo al suelo. Eso creyó Lorenzo. Le rogó que se lo alcanzara. «¿Por qué no?» Le imploró un beso. —Como en los viejos tiempos. «¿Por qué no?» Luego se fue la luz. Sintió un arañazo en el cuello y vio sangre por todas partes. Sangre a granel, a chorro, a presión. Intentó agarrarla pero resbalaba. Perdió el equilibrio y la noción del tiempo. Todo se puso negro.

Ú R S U L A

1

Úrsula nació en Pinar del Río. Rodeada de tierra colorá, palmas reales, mangos, mamoncillos, guayabas, plátanos, limones, aguacates, ríos, arroyos, pájaros, jutías, piedras. Estudió hasta la secundaria y luego se puso a trabajar, de mucama, en un hotel para extranjeros del Valle de Viñales. Ese era el mejor negocio: cualquier trabajo donde pudiera arañar una propina en dólares era un buen negocio. Ya sea por el turista o por el estado. Daba lo mismo quien propinaba las migajas. Úrsula era una guajira silvestre, en toda regla, acostumbrada a la libertad y a la rudeza del campo. En la manigua casi nadie es hijo único. Cada guajiro tiene una retahíla de hermanos y hermanas, del mismo padre y madre, del mismo padre y diferente madre y de la misma madre y diferente padre. Las reglas del campo no son las de la ciudad. La vida es aún más dura.

Úrsula está en edad de merecer aunque empezó a aparearse incluso antes de venirle la regla y ya sabe lo que es un legrado. A Úrsula le gusta el monte pero no las vicisitudes del monte; normal. A casi ninguna chica de su edad le gusta, aunque lo asumen y continúan la tradición sin oponerse ni preguntarse por qué. Úrsula es una criollita desde los pies a la cabeza.

Tiene la piel como el café con leche. Tiene el pelo muy negro y muy lacio, como las indias. Tiene los ojos como el café tostado. Tiene los pechos pequeños y recios. Tiene el estómago plano y las caderas anchas para parir. Tiene las piernas largas y fibrosas, flexibles y ágiles. Tiene los pies pequeños, diminutos, como una muñeca. Tiene la mirada dulce y un avispero en la cabeza.

El cuerpo de Úrsula está diseñado biológicamente para procrear; para traer hermanos y hermanas que sigan el curso de la historia sin rechistar. Pero algún error genético, algo que ningún familiar, ni vecino del caserío entiende, le impide casarse o juntarse y parir allí. Ella desea algo más que soñar. Sabe que ese algo está lejos de aquel ganado y cerca del hotel. Ha visto muchos extranjeros por allí. Se visten bonito. Llevan cámaras de fotos, espejuelos de sol, relojes como tuercas, tacones como alfileres, joyas y prendas refulgentes; una gama de pacotilla lo suficientemente generosa para que siempre parezca diferente. Todos los yumas son diferentes. Todos los nativos son más de lo mismo. Todos los yumas parecen mejores. La mona, aunque la vistan de seda, mona se queda. Los yumas entran y salen. Los nativos, ni entran, ni salen. Están condenados a quedarse, aún sin irse. Todos los yumas parecen privilegiados. Los yumas no son precisamente yanquis; pero eso solo es un detalle sin importancia fuera del alcance de Úrsula. Úrsula estaba fascinada con lo que por allí solían llamar desviación ideológica.

Úrsula aprendió los misterios del sexo como se aprende a cazar lagartijas o a pescar tarántulas. Sin apenas puertas y ventanas es imposible no escuchar a su madre cuando le pide más a su padre y, en ausencia de su padre, cuando ha tenido que alejarse con el ganado un poco lejos, a su tío, a Clodomiro, a Bejerano y a tantos otros. Sus hermanos le enseñan cómo se les pone la pinga tiesa cuando Barbarita se levanta el vestido sin blúmer debajo y le cuentan como se singan cabras, cerdas y gallinas. Ellos mismo han intentando metérsela, incluso Clodomiro, Bejerano y otros tantos, pero ella se reservó para Albertico el pingú. Alberto Quesada, primogénito de Clodomiro y Ruperta, era el más bruto y bello ejemplar del poblado. Todas querían que Albertico las partiera. Cuando le llegó su turno, Alberto fue muy poco cuidadoso o delicado. Sacó el animal y fue directo al grano. Le dolió tanto que prefirió metérsela por detrás. También ardió pero, cuando empezó a masturbarse y se juntó el dolor con el placer, Úrsula sintió como se juntaba el cielo con el mar y se formaba el crepúsculo. Se vino chillando como una cerda cuando sus hermanos la violan. Cuando Alberto sacó su enorme bulto de su culo dejó un agujero negro que no había visto ni siquiera en las terneras. Después de aquella experiencia Úrsula probó a untarse manteca de majá a modo de lubricante. El sebo funcionó. Albertico el pingú, el vaquero de 15 años, de piel oscura, le partió el bollo antes de cumplir los 11 años. Después de aquello, Albertico la prefirió, era la única que le dejaba darle por el culo cuando tenía la regla y a veces por gusto.

Úrsula pensó que era su novia. Él la veía siempre a escondidas. Apenas unos meses después escuchó a su madre pedir más desesperada: −Singao, me vas a romper el culo − escuchó. Se asomó por un agujero que habían abierto sus hermanos entre las tablas y pudo ver un cuerpo conocido: Abertico el pingú, su novio. Le entró un ataque de celos. No pudo evitarlo. Entró como una loca en la habitación y le arañó por donde pudo. −Eres una puta −increpó a su madre. − ¿Puta? Puta eres tú que singas desde que naciste. ¡Descará!

Albertico se largó como pudo corriendo en cueros por el pueblo. Todo el mundo se enteró. También el padre de Úrsula que fue a matarlo con un machete. Albertico tuvo que esconderse bajo tierra para salvarse. La madre de Úrsula no tuvo tanta suerte. El padre la decapitó delante de todos sus hijos. Entre todos lo detuvieron y lo llevaron a la estación de policía. Pena de muerte. Declaró el juez en juicio rápido. Lo fusilaron sin vacilación. Úrsula y sus hermanos quedaron huérfanos, a custodio de su abuela y del destino.

JOSÉ

2

Después de su regreso, después de casado, después de reiniciado, José estaba tan entusiasmado que no podía parar de escribir, por mucho que le costara. Contaba a Úrsula, una y otra vez, lo enamorado que estaba y lo feliz que iban a ser juntos, en su modesta hacienda, cuando viniera. Había pintado su habitación. Había contratado a una decoradora para que le diera un toque femenino a todo aquello que desde ya le pertenecía. Harían muchas cosas juntos. Todo. Le enseñaría a ordeñar vacas, a cazar ciervos, conejos y zorros, a capar caballos. Y si ya lo sabía, si nada fuese nuevo, compartirían juntos todo eso. Después vendrían los niños. ¡Ay, los niños! ¡Cómo podrían jugar por allí! Había tan pocos que todo el barrio los cuidaría como suyos. El entusiasmo de José era tal, que a veces se dormía encima de la mesa imaginando, diseñando y escribiendo la felicidad de sus vidas en comunión.

Úrsula le correspondía. No en la misma proporción. Era imposible. Pero le escribía lindas cartas que le ruborizaban. Cuánto daría por leer alguna, aunque fuera un pequeño párrafo, en la peña. Era la primera vez que le decían pipo, papi, amor. Era su Dios. ¡Qué cariñosa era! Cuando la llamaba no podía colgar. –Hazlo tú. –No, tú. Tú primero. –No papi, no seas malo. Anda cuelga tú. Un besito. –Siempre colgaba con el corazón encogido. Básicamente costaba mucho dinero pero ¡le hacía tanta ilusión!

Después, poco a poco, José notó que la intensidad de las cartas y el interés de las conversaciones fue mermando. La luz se apagaba. Al principio pensó que era normal. Él tampoco escribía ya a diario. Pero una cosa es eso y otra es que la llamara y no estuviera esperando, en casa, su llamada. La primera vez, había quedado en un día y una hora para garantizar que pudieran hablar, pero él estaba tan ilusionado que quiso sorprenderla y la llamó otro día, a otra hora diferente de la pactada. El sorprendido fue él. Eso no se hace José. La abuela le dijo que no estaba, que estaba trabajando. ¿Trabajando? ¿Un domingo a las 10 de la noche? –Ya sabe José –le dijo–, los horarios de los hoteles son muy raros. Él no se lo tragó. Le exigió que le mandara su horario. Le era difícil: las rotaciones, las sustituciones, las emergencias. Todo era complicado. Pero José seguía en sus trece llamando a deshora sin avisar. Al final daba comunicando, ocupado, o no lo cogía nadie. ¿Nadie? Empezó a sospechar. Sin embargo, cuando conseguía hablar con Úrsula, se tranquilizaba. Seguía llamándole mi amor. Seguía deseando estar con él. Lo antes posible.

Jesús pilló la indirecta y le mandó un billete. Esperó la reacción de alegría, pero no hubo reacción. A riesgo de estropear la sorpresa, se lo contó. Úrsula no había recibido nada. ¿Qué raro? Se fue a la oficina de correos y preguntó qué pasaba. Allí le dijeron que no había ninguna incidencia. Nada podían hacer. Ni siquiera lo envió certificado. –Imagínese –le dijo el funcionario que le atendió para intentar aclarar lo sucedido–. Allí a veces se quedan con las cartas simplemente para quedarse con los sellos si son bonitos –José se cabreó. Con él mismo y con media humanidad. Todo continuó en el mismo tono. Decidió tomar precauciones y le envió otro pasaje. Esta vez por DHL. ¡Qué pasta, joder! La propia Úrsula acusó recibo. ¡Por fin! No podía gastar ya más dinero. A la semana ocurrió lo inconcebible. Robaron en su casa, entre otras cosas, el billete de los cojones. No. ¿Será posible que todo ocurra en esa puta isla? José se mosqueó, rebotó, disgustó, enfureció. No aguantaba más. Allí pasaba algo raro. Tenía que averiguarlo. Así que, en cuanto pudo reunir el dinero, compró un nuevo billete. Ésta vez para él. Iría a averiguar qué pasaba. Viajaría de incógnito.

José estaba nervioso, confundido. No dijo nada a la peña. Solo que tenía que ir a Madrid por una semana. Cuando llegó al aeropuerto no cabía un alma. Mucho ruido. Mucha gente. Mucho barullo. En la cola pidió el último a un grupo de españoles que viajaban por primera vez. Habló con una mujer en una silla de ruedas. «Seguro que esta va a ligar», pensó y se descojonó de la risa para sus adentros. Intentó hablar con ella, pero la lisiada era un poco borde. Le enseñó una foto de Úrsula y le dijo que viajaba de incógnito. La mujer desapareció sin decirle su nombre. ¡Qué estirada! No volvió a verla en todo el viaje. No pudo, ni siquiera, dormir durante el larguísimo vuelo. Llegó a la Habana y tuvo que contratar a un carro con chofer para que le llevara al Valle de Viñales. Le cobraron más de 200 dólares. Pensaba esconderse. Aunque fuera detrás de unas matas. Pero nada más pagarle al chofer, que no era un taxista profesional, se encontró con Úrsula. Todo el plan a la puta mierda. Úrsula se comportó como si nada. Fue muy amable. José le dijo que quería darle una sorpresa y se lo tragó pero allí estaba, trabajando. ¡Qué mal pensado! En cualquier caso el viaje no fue en balde. Pudo probarla un poco más y arreglar todo para que, esta vez, no hubiera un "pero" que jodiera el viaje.

Se fue contento. Feliz. Su mujer estaba limpia de polvo y paja. El tiempo y la distancia sacan fantasmas hasta de la luz. Todo estaba en orden. Ahora sí podía disponer todo para su recibimiento en España: la madre patria.

ORLANDO

3

Cuando Orland Burro-Flan se enteró por un periódico que Salomé, su mujer, había terminado con él, por poco le da un síncope. ¿Por qué había hecho eso? ¿Por qué? Salomé dio una rueda de prensa con los mejores postores y zanjó el tema. –Se acabó. Incompatibilidad –aludió–. Orland era ahora su sexto divorcio. Se divorció de la misma manera que se casó, por poderes. Orland ni siquiera fue consultado. No tenía nada que opinar, ni nada que añadir. Salió de Madrid marido. Todo era normal. Al poco tiempo era simplemente su ex. Salomé no cogía el teléfono. No quería hablar con él. Cuando se casó, Burro-Flan firmó muchos papeles sin saber qué firmaba. Él la admiraba, confiaba en ella. Uno de esos documentos era una separación de bienes. Si la cosa sale mal, tú te quedas con lo tuyo; yo con lo mío. Nada de chupar del tarro. Orland no daba crédito. Toda la prensa ventilaba trapos sucios: reales y surreales, dolorosos y vergonzosos, absurdos y patéticos. Aparecían novias ficticias en plató que le ponían a parir. Crecían novios como las setas. Incluso en España, que los homosexuales se podían casar, aún parecía un escándalo. En Cuba era simplemente un crimen a mano armada con nocturnidad, premeditación, alevosía y ensañamiento.

Orland recibió la visita de agentes de la seguridad cubana. Solo querían esclarecer los hechos; por razones políticas y diplomáticas. Como si hubiera sido Cuba la que se hubiera casado con la vieja gloria. Le preguntaron de todo, empezando por su homosexualidad: –¿Es usted heterosexual? –Agente, no me falte el respeto. Yo soy un hombre decente –se defendió. Orland cayó en desgracia. Se rompió el espejo arguyéndole la peor suerte. Se le cruzó un gato negro. Se le cayeron las tijeras. Todo se acabó para Orland. El marido de Salomé era un compañero simpático, con suerte. El ex marido de Salomé era un depravado que había abusado de la generosidad y bondad de la senil vedette. Era un cínico. Una oveja que se hizo pasar por lobo. Un embustero que vendió su alma al diablo a cambio de fama y dinero. Era un enfermo. ¿Cómo se le ocurrió hacer eso? ¿Qué mente puede ser tan ruin? Orland era una alimaña que no debía existir, que había que extinguir.

Al principio llegaron a la Habana algunos paparazzis a entrevistarle. El pobre no sabía nada, pero daba igual, porque nadie le creía por mucho que jurara. Después del asesinato en público empezó la verdadera muerte de Orland. Ningún bujarrón quería su culo. Ningún maricón quería su polla. Ninguna mujer quería nada de él. Absolutamente nada. Ni agua. Ni las gracias. Ni la sombra. Era una polilla despreciable. Debería estar preso, aislado, identificado. Pensaron algunos y algunas, pero no había delito. Solo una mujer muy despechada y abandonada que lloraba a muchos kilómetros de la Habana para que todos la vieran. La madura plañidera volvía a pasar por caja. Ser víctima vende mucho. Mucho más.

Orland no pudo aguantar la presión. Lo echaron del trabajo porque un día se emborrachó y al día siguiente llegó media hora tarde. ¡Media hora, compañero! El absentismo es injustificable. Incluso un maricón del barrio, con el que el Burro tuvo más que palabras, pintó en su puerta: MARICÓN. No pudo borrarla. Era pintura de barco y rusa. No pudo rasparla; ni siquiera con las uñas pudo hacer nada.

Él, el Burro, el carroña, él solito, se puso la soga al cuello. La gente hizo el resto. Orland Burro-Flan no murió asfixiado, sino por fractura de la segunda vértebra cervical, el axis. La parte de delante del hueso quedó pegada a la zona del cráneo, mientras que la parte de detrás quedó pegada al resto de la columna cervical. La muerte se producía por la sección de la médula. La noticia corrió como la pólvora e incendió todos los platós. Aparecieron tertulianos psicólogos, forenses, expertos en rupturas matrimoniales de infarto, seres de todas las especialidades incluidos quirománticos, expertos en expresión corporal, *influencers* en *social media*, etc., para opinar profusamente del tema. Salomé no se perdió ni una sola fiesta. Vestida de negro y llorando sin tregua siguió cobrando y posando. Las revistas de moda llamaban la atención de sus joyas fúnebres. ¡Qué buen gusto! Le exprimieron. Orland Burro-Flan fue cremado en el propio hospital, sin pena ni gloria. Incluso su extraordinario miembro viril no tuvo la misma suerte que el de Rasputin. Desapareció con el cadáver en las llamas. Sin un padre nuestro o una oración de misericordia. Toda su colección de fotos y recortes fue confiscada para un posible futuro museo. Se fue como llegó, absolutamente desconocido.

Salomé en un programa de máxima audiencia y ante un grupo de expertos en espiritismo y comunicación extrasensorial confesó que hablaba con él. Orlando, el culpable, ardía en el infierno y le imploraba perdón. Ella le perdonaba y él se lanzaba a su cuello con sus manos en llamas para ahorcarla o quemarla o las dos cosas a la vez. Todo el público se sobrecogía. La audiencia crecía hasta que una vez, a causa de un fallo eléctrico, el plató se apagó completamente en plena supuesta actividad paranormal. Hubo gritos y salida en estampida del estudio. Cuando regresó la luz. Salomé se hallaba tumbada en el suelo muerta de un infarto o quizá ahorcada desde el más allá. Hubo más desmayos e interminables horas de televisión y radio dedicadas al suceso.

SALOMÉ

1

Durante la dictadura de Franco, Salomé hizo muchas películas; pero nunca se le relacionó con el dictador, ni con algún falangista conocido. Era casi inexplicable que una mujer tan exótica y deliciosa no fuera reclamada para el entretenimiento castrense. Los vertiginosos escotes de la tiernísima Salomé apenas tapaban aquellos escasos vestidos de raso en su espectáculo. Noche tras noche, Salomé volvía locos a todos esos hombres empalmados bajo el entoldado que la custodiaba en su Teatro Chino. Salomé se entregó con todo lo que aquella manada deseaba ver: los bikinis más cortos, los escotes más pronunciados, los *skecthes* más picantes, las chicas más atrevidas e hizo el primer número de lesbianismo que se vio en España. La única relación que tuvo con el entorno del Generalísimo fue de censura y de intentos aislados y desesperados por poseer a la indómita, la inconquistable, sin perturbar la reputación del caudillo en lo más mínimo. El éxito es una forma de resguardarse, de quedar al margen de la violencia mafiosa. Salomé sobrevivió sin entonar el cara al sol.

Se casó por primera vez, como toda artista que se precie, con un torero famoso. La conquistó menos con los cuernos, los rabos y las orejas que con su abultada cuenta bancaria. Pero, según cuentan, ella le amó con uno de esos amores trágicos reservados para artistas decadentes y toreros muertos. La desgracia quiso que un toro cogiera al matador en la plaza más importante de la capital, delante de las cámaras. Tuvo suerte. Su muerte no fue inmediata. Todo el pueblo se dio tiempo para dejarse conmover por el valor del torero y el dolor de la tonadillera. Mucha gente vio, casi en tiempo real, como el maduro en trance expiró el último suspiro y la joven viuda se ahogó en llanto y desesperación. Después de aquel largo duelo, televisado íntegramente, las aguas volvieron a su cauce. Dejó de vender y de salir en televisión más o menos hasta que Franco decidió morirse en la cama. Entonces llegó el destape.

En agosto del 75, mientras Georgie Dann arrasaba con el Bimbo, Franco ya muy enfermo recibía por última vez en el Pazo de Meiras a sus ministros y al príncipe Juan Carlos de Borbón. Por fin, se despedía. Concha Velasco protagonizaba la película más taquillera de la historia *Pim, pam, pum... ¡fuego!* Pero lo mejor estaba por venir: el destape. María José Cantudo se convirtió en la mujer más famosa de España con el primer desnudo integral del cine español en *La trastienda*. Salomé no perdió tiempo. Mientras Camilo Sesto sorprendía con su adaptación de *Jesucristo Superstar*, Salomé decidió desnudarse aún más y convertirse, derrochando descaro, en un icono de la que sería conocida después como la movida madrileña. Cuando Franco murió, Salomé era la reina de la noche.

Despenalizada la homosexualidad Salomé, aunque nunca se destapó del todo y jamás salió del armario, fue la musa de muchas películas experimentales donde casi podía verse sexo explícito. No se atrevió con el porno duro. Ella era una mujer decente. Pero su desparpajo la colocó en la mira de todos los acontecimientos de la época. Pronto la relacionaban con unos, otros y otras. Aparecía aquí y allá. Salomé triunfó como la diva que era. En la más absoluta privacidad comía el coño "de" y se dejaba comer el suyo "por" otras famosas que, como ella, no querían declararse públicamente lesbianas o bisexuales. En el más absoluto anonimato, Salomé se atrevía con desconocidas. Hubo muchos rumores de su relación con una presentadora de televisión escandalosamente homosexual, pero todo quedó en humo. Se vestía como hombre, se comportaba como hombre. Pero tenía control absoluto de todo y de todos. Nadie se atrevía a meterse con ella. Sus servicios de información secretos podían hundir en la miseria a cualquiera; daba lo mismo que fuera una vedette, un cantante, un ministro o el mismísimo Rey de España. Salomé se limitaba a repetir que eran amigas, buenas amigas. Pasaban vacaciones juntas, posaban abrazadas para las revistas, compartían platós y portadas de semanales. La ambigüedad y la duda alimentaba el morbo del vulgo y las arcas de las dos. Así transcurrió gran parte de su vida.

El mérito, con el tiempo, fue envejeciendo. Ya no se la empinaba a nadie, aunque se comiera una polla en primer plano. Habían otras vedettes más jóvenes, más guapas, más descaradas, más listas, más ambiguas, que ella. Se podría decir que pasó del primer plano al segundo, y luego al tercero y así sucesivamente. Cuando la invitaron desde Cuba estaba absolutamente fuera del mercado.

Salomé acudió a la Habana a recibir su premio otorgado por el Ministerio de Cultura. Al principio dejó correr tiempo y aire pero, al ver que no le reclamaban su atención, decidió aceptar sin más. Debía aterrizar en la capital, recoger el premio en el Centro Andaluz, hacer algún amago de actuación, dejarse retratar, visitar con el Ministro de Cultura una escuela de baile español y la Escuela Internacional de Cine y Televisión, aparecer en la televisión al lado de la plana mayor del Instituto Cubano de Radio y Televisión y poca cosa más. Entre lo que no debía hacer estaba: no provocar escándalo público, no hacer ninguna consideración de índole política, no relacionarse con desafectos al régimen y poco más. Su agenda parecía perfectamente respetable. Pero algo faltaba. Viajar tan lejos tenía que darle algún rédito más. Tomó el avión sin saber muy bien qué hacer sin salirse del guión para volver al candelero. Y allí se encontró con aquel chico guapo loquito por ella, la desahuciada.

Él sería el plan. Orlando tenía menos luces que un barco pirata pero era joven, guapo y estaba fascinado por ella. Haría exactamente lo que le pidiese. Así que no solo firmó aquella fotografía que tanto le favorecía, sino que le animó a acercarse a ella como una buena mierda fresca atrae a las moscas hambrientas. Eso no era escándalo público. Era sencillamente, un planazo.

Aquel chico con cara de bueno se le declaró. Tuvo que aguantar la risa. «¿Declararse? ¿En qué siglo vive esta gente?» Todo fue genial. La adularon, la malcriaron, la bendijeron, la adoraron, pisaron el suelo por donde caminó, besaron su culo aunque, por desgracia, no fuera literalmente. Mejor imposible pero, para poner la guinda final al pastel, le dio aquel beso de piquito delante de todos. Eso haría correr ríos de tinta y le reportaría mucho dinero.

Teniendo en cuenta el éxito de su plan, Salomé decidió ir más lejos. Orlando comía de su mano. Le escribió cartas encendidas de amor, le prometió la luna, le escribió poemas, le dedicó canciones de Roberto Carlos, Julio Iglesias, Nelson Ned, José Feliciano, José José, y un largo etcétera de románticos, con el denominador común de ofrecerle la vida. «Cásate conmigo. Te lo suplico». Ella se dejó seducir. El que calla otorga. Al final, teniendo en cuenta el poco caso que le habían hecho durante años, empezó a visualizar qué ocurriría si se casara. ¡Un bombazo! Sería un auténtica explosión. Sería noticia hasta del *Hola*, quizá portada. Salomé empezó a hacerse la enamorada rejuvenecida, venida a más, por los platós que le reclamaban para conocer al desconocido. Los cubanos estaban de moda. Otras famosas ya le llevaban ventaja y vendían a revistas y cámaras de televisión exclusivas con las diferentes bajezas a las que los nuevos mambises le habían sometido: cuernos, plantones, enfados, gritos, vejaciones y una larga lista que entretenía a tantos televidentes y animaba tantas peluquerías.

Salomé era una maestra de la ambigüedad y la explotó con sobresaliente. Se superó de acuerdo a los nuevos tiempos donde la dignidad ya no era lo que era. Ahora habían "tronistas" que se arrancaban los ojos por machotes sin pelito en el pecho y las cejas depiladas; "famosas", cuyo único mérito era haberse tirado a un torero o a un tenista, que trabajaban despellejando a sus ex maridos, ex suegras, ex cuñadas y cuñados, hermanas y hermanas, incluso padres y madres, entre gritos, comentarios soeces, aplausos y llantos de periodistas frustrados y colaboradores; parejas que sin conocerse debían enfrentarse en pelotas a las putadas más delirantes que algún cabronazo expulsado de la escuela de psicología diseñaba con nocturnidad; gente incompatible que confinaban en un plató de televisión con forma de casa para que el aburrimiento, el sometimiento y la convivencia les indujera al borde del crimen, o en islas desiertas llenas de bichos y mosquitos para que el hambre les dejara a punto del canibalismo, o en selvas o montes para que entre el frío, el calor, los animales salvajes, los ríos no potables y la ausencia de alimentos se cagasen en la hora que decidieron hacerse los supervivientes.

Salomé dejó caer que tenía "algo". No era un amante. No era un novio. No era conocido. Era "algo" que le hacía pensar en Cuba a todas horas. Era una especie de "no novio". Encendió la mecha y prendió con tanta fuerza que su próximo viaje a Cuba era más una excursión rosa organizada, que un encuentro de enamorados. Por ahora eso era todo, el principio. La mecha podría llevarle a algún gran hermano VIP o a una isla desierta VIP, o a lo que fuera VIP, que le hiciera volver a ganar pasta y, sobre todo, a recuperar su fama. Alguna había tenido que perder la vida para recuperar que se hablase de ella aún cuando no pudiera enterarse, ni importara la más mínima mierda. La muerte definitiva no es la defunción, sino el olvido. La competencia estaba dura, bien dura. El listón del electroencefalograma colectivo estaba bajo mínimos, difícilmente saciable y superable.

Nada más llegar, Orlando se sintió aceptado. Ya no era la sombra, sino el acompañante. Se comportaron como dos tortolitos y se dejaron ver por todas partes. La ejecución del plan era perfecta. Salomé, la diva, visitó a sus futuros suegros en la casa destartalada de La Víbora que solo mostró la televisión española. Se arrastró hasta El Rincón para pedirle a San Lázaro fortuna en el amor que, traducido al castellano antiguo, significaba pedirle pasta, mucha pasta y fama, mucha fama. Hasta se presentó de relleno en *Palmas y Cañas*, para ser aplaudida y bendecida con unas encendidas décimas improvisadas en su honor. La gira cubana no podía ser mejor. Pudo escapar de verse relacionada con Franco y en la Habana presidió, de invitada, una tribuna revolucionaria de la que no fue capaz de enterarse qué festejaban, por qué y para qué. Con lo roto que estaba todo, no entendía qué coño celebraran; pero allí todo era una continua celebración y fiesta del éxito revolucionario.

Al final, llegó el momento. Todo era cuestión de tiempo. Orlando no podía ir al hotel; estaba reservado solo para extranjeros. Así que Salomé tuvo que prepararse para acostarse en aquella cama desvencijada, en aquella habitación destartalada, de aquella casa vetusta, de aquel barrio perjudicado, de aquella ciudad desvencijada, de aquel país estropeado. Fue allí donde se le presentó, por primera vez, el animal. Creía que había visto todos los tipos de pollas del mundo mundial pero se equivocó de cabo a rabo. Aquella cosa increíble era un fenómeno paranormal. Jamás se había metido algo en su vagina, ni natural, ni artificial, de aquellas proporciones. Salomé se untó el coño con el gel lubricante y perfumado que traía en su cartera y rogó porque Orlando se corriera rápido. Cuando aquella cosa asomó la cabeza le entraron sudores fríos y temblores y ¡eso que estaba un poco floja! Lo único que sintió fue pánico primero y dolores de parto durante las dos próximas semanas. Al regresar a España tuvo que ir a un ginecólogo para que evaluara el destrozo. Por fortuna no había sido para tanto. Solo que sus músculos vaginales estaban completamente fuera de forma y no existía un entrenamiento médicamente probado para entrenar a un coño para unas olimpiadas. En resumen, debía tomarse todo el tiempo del mundo para que toda aquella pellejera se ubicara en el lugar correcto y se estirara lo suficiente para evitar desgarramientos. Probó con pomadita china, que le dejó el bollo ardiendo y no se lo quemó de milagro. Con media cerilla se hubiera quedado completamente calva en un segundo. Probó con Vicks VapoRub, que fue mucho peor. Si hubiera tenido gripe en el coño le hubiera aliviado los mocos, pero aquello ardía con menos paciencia que la pomadita china, el bálsamo del tigre. Este hubiera servido a su migraña vaginal y a la tos pero, ante el animal, poco pudo hacer. Estas cremas se diseñan para fulminar insectos pequeños, no dinosaurios extinguidos. Al final probó con acupuntura y también con hipnosis. No se sabe muy bien si su coño se adaptó a aquel estrés o respondió a todas las soluciones alternativas. Pero lo cierto es que, con el tiempo, se dejaba trajinar con desgano de cuando en cuando; siempre por la imposición de aquella mala bestia. Por mucho que Orland Burro-Flan intentó mamar aquello no consiguió ni inspirarla. Le costaba distinguir el glande del clítoris de un pellejo del cuerpo cavernoso, los labios menores e incluso los mayores. La vagina de Salomé era como un libro cerrado con las páginas medio pegadas y total, Orlando era casi analfabeto, en ese lenguaje del sexo heterosexual. Salomé lo adoptó pero nunca lo quiso lo suficiente. Así que, para variar y así prepararse a conciencia, empezó a estimularse con las buenas mamadas que le hacían las chicas de la casa de Herederas de Madame Claude. Siempre discretas, sigilosas y profesionales. Pero eso fue ya a la vuelta, en la madre patria.

El viaje a la Habana fue un éxito. Dejó todo listo para la unión y la desunión, aunque los detalles eran del todo desconocidos por Orland. Se piró cansada de tanto ajetreo corporal y de moscas paparazzis sin pagar, ni pactar. Llegó al aeropuerto de incógnita. Con esos accesorios que indican a varios kilómetros quién eres intentando ocultarte; no hace falta nada más, pero sí actúan como una señal. Algo así cómo: te dejo que hagas lo que quieras, pero no me des el coñazo. No te me acerques. Son códigos que solo los famosos VIPs controlan con superioridad. En definitiva ser famoso es un trabajo agotador.

Allí estaba encogida una pobre guajirita, asustada hasta por el ruido de la megafonía. Si por ella fuera, le hubiera comido el coño allí mismo, pero era imposible. Ella, Úrsula, viajaba para encontrarse con su marido. Salomé lo hacía para dejar al suyo. Si Orland se portara mal ayudaría, pero con esa cosa entre las piernas y esa otra parecida en forma de materia gris en el cerebro, no podía derrochar demasiadas expectativas. – Todos los hombres son unos inútiles –le dijo para dejar claro que entre las mujeres el entendimiento es posible. Pero no hubo *feeling*. Era muy poca cosa. Le salió el tono materno que nunca tuvo–. Ten cuidado cariño. Mucho cuidado. Si necesitas cualquier cosa, llámame –España estaba difícil, pero ella parecía no estar enterada. Le podría pasar de todo; incluso sin saber que su amigo ostentaba una plaza honorífica en el club del desguace, le habría aconsejado lo mismo. Porque las experimentadas aconsejan sin darse cuenta y porque quería llamar la atención hacia un teléfono. Úrsula cogió tímidamente la tarjeta de presentación. Era la primera vez que veía una cosa así; de hecho pensó que esa extraña mujer desconocida le estaba regalando su carnet de identidad. ¿En España ponían tu teléfono en el carnet? ¿Qué raritos son los gallegos? Y allí terminó todo. Úrsula jamás entendería que aquella mujer deseaba restregarse con ella, lamerla, comerla, tenerla y que, en caso de verdadera emergencia, jamás cogería el teléfono. Al final llamaron a bordo y cada una se fue a su sitio, a los dos extremos más lejanos del avión.

FÁTIMA

3

Que se casaran en Cuba no significaba, literalmente, que Lorenzo pudiera viajar a España. Tampoco quería decir que Lorenzo quisiera casarse. Él lo puso como excusa: –Yo no puedo viajar para verte mi amol –Fátima no entendía por qué. Había dado la vuelta al mundo varias veces soltera. Sin embargo, las cosas en Cuba funcionan en otro mundo increíble cuyas leyes que lo rigen son incluso contradictorias entre sí. Nadie puede viajar si no es autorizado por el gobierno o bajo ciertos preceptos legales entre los cuales está el matrimonio supeditado a otros, por supuesto, de interés nacional. Fátima entendió éste absurdo como el más mínimo de los inconvenientes. Así que solucionó el problema como suele hacer un médico cuando abre la cabeza de un paciente y extirpa una glándula enferma.

Después de casados, no habría motivos, ni en el cielo, ni en la tierra, ni en la guerra, ni en la paz, para que Lorenzo no pudiese encontrarse con Fátima en A Coruña, en su lujosa residencia al lado del mar. Cada uno se quedó con las tareas pendientes para legalizar todo lo legalizablemente exigido y Lorenzo con dinero más que suficiente para gastos extras. Fátima, en su silla de ruedas, hizo su parte e incluso compró un coche adaptado a su discapacidad y renovó la licencia de conducir. Lorenzo, sin embargo, no avanzaba y el dinero nunca alcanzaba. El motivo siempre era el mismo. La burocracia es un pez enorme que devora la paciencia y los recursos de cualquiera. Después de cuatro largos meses, la tolerancia de Fátima se agotó. Lorenzo recibió un ultimátum. Tenía fecha y presupuesto límite. Después de eso, Fátima le cortaría el agua y la luz. Si, ya ella controlaba, más que bien, el léxico de los solares habaneros. Era mucho más simple que la políglota Fátima hablara en el argot del asere-ekobio, que Lorenzo lo hiciera en la lengua de Cervantes.

Funcionó. La burocracia se destrabó. Aunque Lorenzo argumentó que fue gracias a los trabajos de un santero que consiguió desenvolvimiento y no al cause local del flujo administrativo. ¡Qué simpático! Un día lluvioso llegó a Galicia muerto de frío y de miedo.

El último día de su vida Lorenzo salió de casa casi a media noche. Lo hacía siempre. Fátima entendió desde el principio que él necesitaba su espacio. En Europa todo individuo civilizado reclama y respeta su lugar vital por mucho que en Cuba no supieran qué es. No podía ahogarlo junto a su silla, ni sumergirlo en el barreño de su aburrida vida. Alguna vez salieron juntos pero, imperceptiblemente, Lorenzo continuó en soledad porque Fátima se sentía incómoda. Estaba fuera de su modo de vida, de su concepción de la existencia humana. Fátima estaba dispuesta, de serie, a perdonarle algún escarceo. En definitiva, era una tullida que había sido bien educada. Lorenzo lo pilló a la primera. Empezó a bailar en un club, en otro, y en otro, en un bar de alterne, en otro, en un garito de ambiente, en otro. Empezó a meterse rayas de coca por la nariz y pollas en la boca y en el culo. Su secreto a voces llegó a los oídos de Fátima. El mundo *gay* del barrio es públicamente pequeño, pero maquiavélicamente indiscreto. ¿Qué clase de bestia era Lorenzo? El cáncer, escribió Virgilio Piñera, se abre en la madrugada, el mediodía, el crepúsculo y la noche, pero el cáncer de Fátima estaba siempre abierto. Lorenzo era una gárgola, un tropical perezoso, una pantera enjaulada, una cabra suelta, un zángano mitológico. Así fue que Fátima explotó y salió por el techo.

Lorenzo ya ni siquiera le hablaba con corrección. Le faltaba al respeto a sabiendas que su brazo era lo suficientemente corto para no alcanzarle con una buena hostia, a sabiendas que su dignidad era la suficientemente alta para no rebajarse aún más, a sabiendas que su lengua era dura pero no viperina y que sus cuerdas vocales eran lo suficientemente refinadas para no elevarse por encima de su chusmería. Un día Fátima lo echó. Lorenzo le dijo: –Tú no me botas. Me voy yo –Todo se les había ido de las manos. Lorenzo se creyó más de lo que debía y se independizó. Se vino arriba. Al cubano no se le bota, se va. Eso creía. Ja, ja, ja, ja, ja. Se equivocó. Las sanguijuelas no sobreviven solas. Hay seres que necesitan del fluido ajeno para vivir. Al poco tiempo regresó arrastrándose sin pudor, sin dignidad, sin orgullo. Después vino la calma. Pero tras la tempestad viene el mal tiempo.

Fátima estaba harta. Lorenzo apareció a media mañana como un gato callejero. Le sonrió como si hubiese ido a comprar el pan para desayunar juntos. Se burlaba en sus narices de su inmovilidad. Fátima, sin mirarle a la cara, le suplicó que se acercara y le recogiera del suelo el pañuelo bordado que heredó de su abuela. Él la miró dubitativo. Le costaba captar las señales. Fátima no podía más. No era espléndida en escándalos y eso era solo, para Lorenzo, un signo de debilidad, de derrota, de sumisión. Se acercó mariposeando hasta su silla, recogió el trapo y lo puso sobre su regazo. La miró para cerciorarse que las estatuas no van en sillas de rueda. Fátima volvió su rostro. Sus ojos apuntaron a los suyos. Le pidió un beso, como en los viejos tiempos. Paz, amor y libertad. Lorenzo se inclinó, cerró los ojos para posar su bemba en los labios de Fátima y ya no supo más. Un afilado bisturí guillotinó con precisión su aorta y algunos de esos nervios que conectan la cabeza con el cuerpo. Lorenzo cayó al suelo como una manguera suelta bailando al ritmo caótico de la presión del espeso fluido. Fue su último baile. Después Fátima apartó su silla ligeramente hacia atrás para bordear el cuerpo y llegar al salón. Cogió el teléfono y llamó al 112. – Pueden venir, por favor, he matado a mi marido. Si, la dirección es…

LORENZO

1

Hasta llegar al cabaret del Capri, el camino fue "largo y tortuoso". La carrera de Lorenzo empezó en los bares y tugurios de las Playas de Marianao. Salía a pie desde su casa en Palo Cagao para no llegar sudado y arrugado sin imaginar, jamás, cómo regresaría esa noche. En cualquier momento se podía formar y si no, él buscaba. Era un pendenciero. La cantidad de patadas por el culo que cogió por mirar al hombre equivocado, o por entornar los ojos demasiado, el navajazo en la cara de Papito por pegarle los tarros con otra loca del cuerpo de baile. –Estaba borracho. Fue inconsciente. Me equivoqué. Fue un error –intentó justificar en su desconsolado llanto–. Tú eres mi hombre, mi único hombre, perdóname –pero a él, a Papito, ninguna loca lo chuleaba. No solo no quiso volver a verle, sino que además le prohibió pisar cerca. La orden de lejanía rezaba claro: –La próxima vez que te vea por aquí te rajo el culo como a una puerca –y Lorenzo aterrorizado empezó a coger la guagua para trabajar en el Vedado. En la Zorra y el Cuervo aguantó unos meses, en el Parisien del hotel Vedado fue el negro gitano durante una temporada, del Pico Blanco del St Johns lo botaron por depilarse las cejas, en el

77

Copa Room del Riviera duró menos que un merengue en la puerta de un colegio. Pero al Salón Rojo del Capri llegó con la lección más que aprendida: –Discreción Lorenzo, discreción – y ahí estaba de negrito rumbero en las tablas y de Madame Satã tras las bambalinas.

Fue allí, en el Salón Rojo del hotel Capri, donde Lorenzo conoció a Fátima, la médica gallega. Miraba con timidez desde una mesita redonda apartada, apabullada por el sonido ensordecedor de la orquesta y la explosión de color de aquella negritud poseída. Lorenzo le había echado el ojo mientras se lucía en la coreografía. Fátima estaba rodeada de gente pero sola y triste. Al acabar el show se le acercó y la sacó a bailar. – ¡Qué va!, imposible –respondió ella a la iniciativa intentando ser amable pero Lorenzo insistió: –Si no sabes, no te preocupes. Tú déjate llevar –la torpeza de Lorenzo irritó a Fátima: –No ves que es imposible. Estoy en una silla de ruedas idiota –y hundió la cabeza entre las manos. Lorenzo quedó perplejo pero no abandonó, no estaba dispuesto a rendirse: –Perdóname, lo siento. He sido un imbécil, tienes toda la razón –Hizo una pausa larga sin saber muy bien cómo se debe proseguir en estos casos pero se le encendió la bombilla de un milivatio: – No llores, una mujer tan guapa como tú no debe llorar por lo que le diga un negro bruto y torpe como yo. Lo siento, me he fijado en ti toda la noche y he venido a decírtelo con lo único que sé de verdad: bailar –Fátima no podía creer lo que estaba oyendo. Jamás nadie le había dedicado palabras tan halagadoras.

–No es cierto. No soy guapa. Soy del montón y tullida. No lo ves. Se lo que soy.

–Pues para mí no –dijo tomando asiento sin que nadie le invitara–. Para mí eres una mujer muy bonita y delicada.

—Tú no me conoces de nada. ¿Es eso lo que le dices a todas?

—Es verdad. Es la primera vez que te veo. A ti y a todas estas personas que están aquí. Cuéntalas, seguro hay más de ciento y pico de gentes; pero resulta que solo me he fijado en ti. Si quieres me voy y no te molesto más. Pero aún así, en esa silla, me sigue pareciendo lo mismo. No se lo digo a todas. Te lo he dicho a ti —la pausa fue larga, incómoda, sangrienta. Lorenzo ya estaba a punto de levantarse e irse con su música a otra parte cuando Fátima le agarró la mano.

—No, quédate. Aunque ya sabes que no bailaré.

Lorenzo se sentó y la miró con detalle. No era guapa, tampoco fea. Era triste. Un ser triste. Estaba sola en esa mesa, como probablemente muchos de sus días. Sola absorbiendo todo el aburrimiento y hastío del mundo. Sus amigos y amigas bailaban entre tanto. Bueno, bailar es mucho decir, pero lo intentaban. Entre los turistas es difícil detectar quien baila peor. Pero, excepto a los nativos, a nadie le importa. Fátima era una mujer madura, quizá rondando los cuarenta, blanca como el coco y con unos ojos grises y profundos. Un mujer que conoció el placer a sorbitos, absorbido con pajitas. A Fátima, Lorenzo le pareció una versión carnal del mismísimo Adonis tropical. Le llamó la atención una delgada cicatriz en un pómulo que hasta le pareció atractiva, como una señal de identidad de una cultura tribal.

Después de la conquista, Fátima regresó al cabaret. Se regurgitó el *show* para la incredulidad del expendedor de la taquilla. Lorenzo bailó para ella. Se hizo su amigo y, después, su amante. Lorenzo le ofreció, no lo que mejor sabía, bailar, sino lo que mejor podía, singar. Fátima, a pesar de su parálisis, le dejó probar. Casi lo había olvidado. Ni siquiera sabía si sería capaz de sentir algo de nuevo. Valió la pena. Su cuerpo se estremeció con orgasmos desconocidos, escondidos, desprevenidos, desentumecidos.

Había conquistado, desde su trono, a éste príncipe de la selva que clavaba su lanza y mordía y gritaba como un bicho salvaje en un ritual mágico. No podía moverse, pero podía sentir una revolución dentro de ella. Algo entre sus órganos tragaba al huracán tropical. El vórtice penetraba por el hoyo y se difundía por todo su sistema nervioso irrigando los sentidos. Jamás pensó que eso podía pasar. No estaba escrito o no lo había leído. Era como correrse y derramarse en cada milímetro de sí misma, al unísono. Se dejó llevar y repitió, y repitió, hasta que se largó de vuelta a España. En definitiva, ya tendría tiempo de sobra para aburrirse de nuevo.

ÚRSULA

2

Úrsula era demasiado joven para José, demasiado guapa, demasiado "inocente", demasiado "sana", pero José no le dejaba ni pie, ni pisada. Ella sabía muy bien como amansar la fiera. Jamás había visto a un hombre tan feo, tan calvo, tan viejo, tan tullido, pretendiéndola. Jamás ningún ser así se había atrevido. A cualquier otro le hubiera dado un raspe *express* por el atrevimiento, le hubiera mandado a metérsela a las gallinas o a una burra, le hubiera aniquilado con los ojos retorcidos de desprecio. Pero a José no podía hacerle eso. Era un yuma enamorado. Al menos eso le repetía como un pepino. Todos los días le regalaba alguna braga. La mayoría le quedaban grandes, pero servían para su abuela y sus hermanas. Le adornada con aretes, collares y pulseras. Le regalaba jabones, pasta de diente, champú, hasta una toalla del Real Madrid le obsequió. ¡Qué detalle! Un día le invitó a cenar. Úrsula se disculpó. En el hotel era imposible. Podría perder el trabajo. Él insistió, el lugar era lo de menos, y ella lo llevó donde nadie podía verlos. A un paladar tan remoto donde pasara, por lo menos, como una habanera. ¿Sería eso posible? Se arriesgó. A veces merece la pena arriesgarse.

Allí José se declaró a Úrsula. Ella no le dijo que si. Por supuesto. Tampoco le dijo que no. Se limitó a ponerse nerviosa. José se fue con esperanza. El resto de la tropa turística estaba dividido. Algunos habían tocado a fanfarria y otros a retirada. José seguía sin soplar pero Úrsula, durante aquellos largos días, se mostró tan tímida como descarada. Coincidía con él en la habitación. Se aseguraba de inclinarse y elevarse lo suficiente para que chequeara sus bragas nuevas del todo a cien. Le rozaba continuamente. Jugaba a mírame y no me toques. José no pudo más. Entre el dolor de huevos y la desazón no podía ni un segundo más. Le agarró con violencia y le besó. No. Así no. Fue la reacción de Úrsula. Aquí no. Anotó en un papel el santo y seña para abrir sus puertas y espero paciente.

José llegó al lugar acordado. Úrsula estaba sola. Él quería mojar. Ella quería hablar. Al final hicieron las dos cosas. Primero hablaron. Luego follaron. Después hablaron. Ella se salió con la suya. Primero hablaron de lo complicado de las relaciones a distancia. Úrsula le confesó que se sentía atraída por él. Era algo inconcebible. Lo reconocía. No pudo evitar ese flechazo en lo más hondo de su corazón, aunque le preocupaba enamorarse de alguien por una sola noche. Ella quería la eternidad.

José se la prometió. Tenía propiedades, terrenos, ganado, una casa enorme. Le podría construir una piscina con calefacción si quería. Solo tenía que desearlo. Ella se desarmó. José cumplió su objetivo. Era la primera vez que creía hacer el amor sin previo pago. Ella hizo un gesto de dolor. José se asustó, pero Úrsula le tranquilizó: –Despacito papi, suavecito y con delicadeza –así fue hasta que se corrió. José primero y Úrsula, ayudada por sus dedos regordetes, después.

Luego se vistió culpable. Cuando encendieron la luz José observó sus dedos ensangrentados. Se asustó. Ella puso cara de primeriza, de virgen desvirgada. «No jodas». Pensó José. Pero no se lo dijo. Solo habló sin callar, ni dejar hablar de lo felices que serían, de los hijos que tendrían y de la envidia que sentirían todos sus colegas de la peña del pueblo.

JOSÉ

3

Cuándo Úrsula salió perdida con su maleta del control de aduana, se encontró con José. Tenía un ramo de flores enorme que se aplastó entre los dos cuando se besaron. Salieron de allí pitando. Un colega del club se prestó de chofer. Para eso están los amigos. Cuando llegaron al pueblo y abrieron la puerta se encontraron con el resto de la peña. Le tenían preparada una fiesta sorpresa con globos y gorritos de papel; como si fuera un cumpleaños. En el salón una pancarta saludaba a Úrsula. BIENVENIDA.

Úrsula no sabía que hacer. Nadie le había preparado para eso. Todo era nuevo. Incluso el pueblo le pareció más nuevo que la ciudad de Pinar del Río. Todo estaba limpio. Todos tenían carro. No se iba la luz. Todos estaban bien vestidos. Todas las casas eran como las de la ciudad, de mampostería. Aquel campo era muy diferente a su campo.

José estaba tan orgulloso de su esposa que no se separaba de ella ni un segundo. Allí Úrsula tenía solo tenía tres problemas que resolver: no le gustaba el hombre desconocido con el que estaba casada, no le gustaba el frío y extrañaba Cuba. Lo supo desde que llegó pero no sabía cómo arreglarlo.

José la llevaba a todas partes. A las ferias de ganado. A las fiestas de todos los pueblos cercanos. ¡A la peña! Úrsula quería gritar, pero no podía. Habían sido tantos los gastos en trámites, llamadas y viajes, que José le tenía prohibido llamar a Pinar del Río. La relación empezó a caldearse. La siempre dócil Úrsula empezó a esquivarlo primero, alejarlo después y, por último, a despreciarlo. Ya no podía dejar que la tocara siquiera.

José hizo todo que todo buen marido miserable puede hacer. Primero le amenazó, después le pegó, le volvió a pegar, le volvió a pegar y, por último, la violó. Cuando Úrsula cerró sus piernas definitivamente a aquella polla medio tornillo que parecía de cerdo, José la violó. Nadie dijo nada. En los pueblos todo se sabe. Pero nadie hizo nada. Ni una sola persona, hombre o mujer, niño o niña, político, policía o sindicalista, miembro o miembra de la comunidad, le protegió ni le aconsejó de lo que debía hacer. En su pueblo estas cosas se resuelven a machetazos, pero aquí ni siquiera sabía que se llamaba violencia de género, que era delito, penado por la ley, y que había un teléfono que, con simplemente llamar, podían ayudarla. Nadie le dijo nada.

José empezó a beber. Todos los días. A gritar. A insultar. Úrsula se encerraba y ponía la tele a todo volumen para no oírlo; aunque era imposible. Seguramente lo oirían hasta en el mismísimo Cáceres capital. Úrsula lo evitaba. Salía de su habitación cuando su dueño se hubiera marchado. No tenía dinero, ni tarjetas de crédito. No tenía conocidos. No tenía nada. Una noche José se pasó llorando durante horas como un perro junto a la puerta. Úrsula sintió como la dignidad se disolvía en las lágrimas. Juraba que no lo haría más, que la cuidaría, que él era bueno, que no sabía lo que le pasaba. –Por favor, te lo suplico –imploraba–. Perdóname, por favor.

El corazón de Úrsula cedió al chantaje con condiciones: le daría dinero, dejaría de beber, no la insultaría nunca más, mucho menos le pegaría, y jamás, jamás de los jamases, se le ocurriera tocarla hasta nuevo aviso. Jamás volvería a violarla. José lo prometió. Hubiera prometido traerle un planeta de otra galaxia si hubiera hecho falta. Todo menos devolverla a Cuba. Fue lo único que a Úrsula no se le ocurrió pedirle.

Después de aquella tensa calma, Úrsula lo ignoró. Le cocinaba. Le lavaba y planchaba la ropa. Limpiaba la casa. Pero ni una palabra. Ni un roce. Ni una mirada. Después de aproximadamente un mes, José volvió a la carga aconsejado por un miembro del consejo de sabios de la peña del desguace. —Tú eres mi mujer —le dijo—. Eso supone que tienes que cumplir con tus deberes conyugales —Úrsula ni lo miró, ni le respondió, de cierta manera estaba excluido en uno de sus mandamientos, y José solo llevaba preparado lo que debía decir ante una posible replica. Volvieron los gritos, golpes, palizas y otra vez, una violación. Fue su sentencia de muerte.

Un día llegó demasiado borracho. Úrsula estaba en la cocina en bata recién salida de la ducha. Se quitó la ropa y le fue arriba para poseerla como un cerdo con su polla sacacorchos. Úrsula estaba alerta. Agarró un cuchillo jamonero de la encimera y lo estocó, no como a un toro, sino como a un cerdo. Le abrió el corazón en dos partes iguales. No chilló. Se desplomó sobre un charco de sangre negra y espesa. Úrsula salió de allí, abrió la puerta y se sentó a esperar a que vinieran por ella. La guardia civil apareció, la esposaron y se la llevaron chillando gomas a menos de los doscientos metros que separaba la casa de la comisaría. Era la única sospechosa de asesinato en primer grado.

ORLANDO

1

Orland Burro-Flan le llamaban en privado; en público Orlando el Burro o simplemente, el Burro. Él disfrutaba de su apodo que hacía honor a su enorme morronga: algo sorprendentemente desproporcionado para el resto del género masculino. El mero hecho de nacer con esa deformidad le parecía una atribución divina, como ser rey quizá. Pero sabía que era un espejismo desde su más valioso secreto a voces por el que nunca supo su apodo privado.

Para levantar aquello, en condiciones, hacía falta una grúa. –Si eso se te pone tiesa te da una lipotimia. No hay sangre pa' tanta pinga. –Pero si es tres paticas en persona. –Mijito ¿eso piensa? –Con ese pellejo te puedes hacer una chaqueta. –Orland fue presa de una lista interminable de expresiones que él, desde su fálica vanidad, consideró entonces piropos. Nunca pasó inadvertido. Cuando su pantalón caía, surgía el verso. Luego venía el dilema: ¿singar o no singar? Esa es la cuestión. –Esa se la metes a tu madre. –Ni hablar, enróscatela y póntela de corbata. –Si sobrevivo, espero que la guardes en formol para mí solito. –Esta es la pinga más enorme que jamás me he metido. –¡Rasputón! –etc., etc., etc. Pero en cualquier caso, acto consumado o no, corría la noticia a sus espaldas. Quién sabe cuándo le cercenaron la "o" final del nombre, pero la insatisfacción de cualquier mínima expectativa bien merecía la pena cortar su denominación. La "o" corresponde a la vista cenital de un falo duro y frontal, no a una longaniza exponencialmente decreciente.

Orlando el Burro tuvo una adolescencia crítica. Se convirtió en la curiosidad del sexo opuesto y la envidia del mismo sexo. Él estaba en medio y le daba igual. Su enorme cipote solo necesitaba de un agujero. No obstante, pese a la mala fama, aquella cosa que respiraba, si conseguía desperezarse, podía dejar tales estragos que los damnificados no tardaban en denunciar y ya se sabe, las noticias, sobre todo esas, corren como la pólvora.

Cuando las adolescentes atrevidas se enteraban de sus aventuras homosexuales renunciaban. No querían singar con un maricón. Tampoco con un bujarrón. Así de simple. No estaban dispuestas a meterse aquella cosa que se hundía como un gusano-saurio sin distinción en el culo de un sarasa. Lo cierto es que lo que más excitaba a aquel animal eran las caricias en la próstata de otra bestia de dimensiones similares. Pero, la mayoría de las veces, debía conformarse con apenas un leve chisporroteo incapaz de encender la mecha. Cualquiera que tuviera la boca lo suficientemente grande y flexible podía deleitarse, como si de comerse un helado enorme, a riesgo de atragantarse, se tratara.

No. Orlando el Burro no tuvo demasiado éxito, pero si gozó de lo que fuera que se le acercó tras el efecto llamada. Era un club perverso y bizarro impensable en cualquier escuela revolucionaria, mucho menos entre pioneros o entre miembros entusiastas de la Federación de Estudiantes de la Enseñanza

Media, la FEEM. Pero Orlando realmente no era adicto al club. Ni mucho menos. El sexo para él no era algo trascendental. Ni siquiera fundamental. Cuando tenía ganas, buscaba y si no encontraba se apañaba él mismo, sin problemas. Era un tipo autosuficiente cuyo único delirio era una mujer.

Durante toda su infancia, pubertad, adolescencia y juventud, Orland Burro-Flan solo tuvo ojos para una hermosa española llamada Salomé. Lo sabía absolutamente todo de ella; incluso su verdadero nombre. Le gustaba como cantaba, como bailaba, como actuaba, como miraba, como se desnudaba, como fingía los orgasmos. Sabía dónde nació, con quiénes se casó, dónde, cuándo. Pagaba lo que fuera necesario por cualquier cosa relacionada con Salomé. Guardaba todos los recortes de periódicos y revistas que llegaban a sus manos. Leía todas sus entrevistas y, por supuesto, no se podía perder absolutamente ninguna de sus películas o apariciones en la televisión, aunque fuera solo para cantar dos minutos o chillar media hora. Salomé era su diosa, su diva, su modelo. El mundo sin Salomé no sería mundo. Había una vida antes y otra después de Salomé.

Orlando, cuando nadie lo veía, se maquillaba como ella, cantaba como ella, se movía como ella, se transformaba frente al espejo en ella, se disfrutaba, se excitaba, se masturbaba. Soñaba con ella. Quería ser ella y el deseo de ella. Más de la mitad de su cerebro funcionaba como una habitación de Salomé. Estaba obsesionado, prendado, enloquecido. Por eso, cuando se enteró de su visita a la Habana, no pudo pensar en nada más que en verla.

Desde que Salomé puso un pie en el aeropuerto, Orland no le perdió ni pie, ni pisada. La siguió como una sombra y no paró hasta que un día, en un oscuro cabaret de la capital, llegó su momento. Se le acercó sigilosamente con una fotografía en la mano y le pidió un autógrafo. Salomé lo miró. Era un hombre a una polla pegado. Un tipo delicado y dulce cuyos ojos brillaban más que los *spotlights* del *show*. El besó su mano arrugada como hace un caballero inflamado a su imposible amada. Un paparazzi captó la imagen que, a la velocidad de la luz, dio la vuelta al mundo. Orlando le habló de su devoción por ella. Salomé no perdió la oportunidad. Le invitó a visitarla al hotel y tomar un café junto, a la vista de todos.

A Orlando no le importó los casi 40 años de diferencia que le separaban biológicamente de Salomé. Le declaró su amor incondicional y, para su sorpresa, Salomé aceptó el coqueteo. A partir de ese momento el Burro apenas se separó de ella. Antes de regresar a España, en el aeropuerto y delante de todos, se quitó una cadena de oro con la Virgen del Carmen y se le regaló. Después le dio un diminuto beso en la boca. En la farándula no es nada raro. −Volveré −le dijo en un hecho sin precedente, como en la escena final de una película que solo puede acabar mal.

SALOMÉ

2

–¿Te puedes mover un poco?

–Te dije que estaba muy cansada, que no me apetecía.

–Ya pero es que así parece como si estuviera violando a una muñeca hinchable.

–No es una violación, es consentido. Deja la cháchara y termina de una vez que me estoy revolviendo y no me muevas con tanta brusquedad que vas a caer las colillas del cigarrillo en la cama.

–Si es que no puedes dejar de fumar ni para follar.

Orlando empieza a sudar. Ni siquiera la tiene todo lo dura que exige un mínimo. Salomé piensa «¿Follar? ¿Qué cojones sabrás tú de follar y de violación?», mientras expulsa una larga columna de humo perfumado. Burro-flan se concentra todo lo que puede pero no puede venirse. Siente que su verga es una porra flácida entumida, insensible. Los dientes de Salomé empiezan a amarillear de nuevo, como la punta de los dedos casi naranjados de la nicotina. De pronto le viene un impulso, un pinchazo débil que puede acabar desbordándolo en el peludo coño de Salomé, pero fugaz. Tan pronto como se corre sigue un poco más y su polla se desinfla del todo con una sensación incómoda nerviosa. Orlando está furioso pero así son las cosas. Era él quien quería follar. Salomé, en un ataque de generosidad, le prestó el hoyo para su desahogo. No era una violación, sino una "paja vaginal". Ella está cansada después de un largo día en los estudios grabando un programa del corazón de mucho estrés. Demasiado jaleo, demasiadas horas, demasiada expectación, demasiados buitres, demasiados frikis. Tanto "demasiado" agota hasta la extenuación. Salomé es la presentadora y todo ha estado a punto de írsele de las manos. Un "colaborador" la ha insultado. «¿Por qué tengo que pasar la mayor parte de mi vida con esta gentuza?», piensa todos los días, sin excepción, en el taxi que le lleva al estudio. «¿Por qué he caído tan bajo?», se pregunta. Pero solo es una interrogación retórica porque conoce muy bien la respuesta. Por la pasta. Ya no está en el candelero. Hace muchos años que no. Ya no está buena. Ya no baila bien. Ya no es deseada por todos. Ya no puede hacer una portada para *Interview*. Ya no es noticia. Su último escándalo, Orlando, le permitió volver a ese horror de programa donde todos ventilan sus trapos sucios mientras se sacan los ojos. Ya ni siquiera se corre alguna vez. Ya ni recuerda la última vez que una tía buena le comió el coño o que tuvo ganas de meterse una buena polla.

Toma de un trago el vaso de ginebra que tiene en la mesilla y se mete en el baño. Apaga el cigarrillo en la porcelana del lavamanos. Abre el grifo y tira el filtro por el desagüe. Se mira al espejo. Sus tetas ya no son lo que eran. «Voy a tener que operármelas». Lleva tiempo dándole vueltas. «¿Un lifting?». Repasa su cuerpo y solo ve un terreno cansado que necesita reconstrucción integral. Cierra el grifo. Enciende otro cigarrillo con su Zippo dorada. Mete un pie en la bañera y pisa algo blando. Tiene el tacto de una cápsula de lavavajillas rellena de detergente pero es una cucaracha llena de sangre que explota. «¿De dónde cojones habrá salido esta mierda?». Levanta el pie manchado, lo limpia con papel sanitario y lo tira al *water*. Luego recoge con más papel los asquerosos restos del insecto y otra vez al *water*. Descarga con asco. Las cucarachas no despiertan demasiada simpatía en los hogares occidentales, son sinónimo de sucio, huelen mal, se mueven con torpeza, algunas incluso vuelan. Abre el grifo de la bañera, empuja los rastros de sangre al tragante con el rociador telescópico. A su mente le viene algún plano de psicosis. Ya le hubiera gustado trabajar con Hitchcock, pero eso simplemente era impensable. Él nunca hubiera contratado a una jovencita que pasaba más tiempo desnuda que vestida entre películas pretensiosas de autor y papel couché durante esos años de destape que luego algunos intelectualizaron como "la movida". Todo es pasado. Pone el tapón y deja llenar la bañera con sales y espuma. Se hunde y se deja inundar por el agua y el humo. Está demasiado cansada para otra cosa.

Orlando se viste de ocasión. En apenas un par de horas sale su avión para la Habana. Coloca sus gafas Ray-Ban rollo policía, acomoda su polo rosa Lacoste dentro de su *jean* Levis y pasa revista a sus zapatos Sperry marineros en piel de cocodrilo. Todo está en orden.

Se despide de Salomé desde la habitación. —Llámame cuando llegues —reclama ella sin interés. —Si cari, no te preocupes —contesta él con cansancio. —Adiós. —Chao, chao. — Cierra la puerta apartando cuidadosamente su Samsonite Dura-lite Hardside 20" y se dirige al *hall* del edificio. Le pica la nariz. Está un poco resfriado. Mira a todos lados. No hay nadie. Sopla con fuerza. Los mocos ámbar-anaranjados se esparcen entre el suelo de granito y las plantas artificiales.

Se pringa los dedos. Va a limpiarlos instintivamente en los calcetines pero se da cuenta que no lleva. «No hay moros en la costa», piensa, y arrastra los dedos en la pared mientras sale mirándose, por última vez, en el enorme espejo.